「诗词大会」夺冠文库

红楼梦

诗词赏析

总主编 ｜ 顾之川

执行总主编 ｜ 万福成

山东城市出版传媒集团·济南出版社

图书在版编目（CIP）数据

《红楼梦》诗词赏析 / 宫梅娟，王玲著. —济南：济南出版社，2019.2

（诗词大会夺冠文库 / 顾之川，万福成主编）

ISBN 978-7-5488-3555-4

Ⅰ．①红⋯　Ⅱ．①宫⋯　②王⋯　Ⅲ．①《红楼梦》—古典诗歌—诗歌欣赏　Ⅳ．①I207.411

中国版本图书馆CIP数据核字（2019）第030482号

出 版 人　崔　刚
丛书策划　冀瑞雪　冯文龙
责任编辑　李廷婷
装帧设计　张　倩

出版发行　济南出版社
地　　址　山东省济南市二环南路1号（250002）
编辑热线　0531-86131747（编辑室）
发行热线　86131747 82709072 86131729 86131728（发行部）
印　　刷　山东新华印刷厂潍坊厂
版　　次　2019年3月第1版
印　　次　2019年3月第1次印刷
成品尺寸　150mm×230mm 16开
印　　张　8.25
字　　数　105千
印　　数　1—10000册
定　　价　35.00元

（济南版图书，如有印装错误，请与出版社联系调换。
　联系电话：0531-86131736）

总序

顾之川

　　近年来，中国传统文化逐渐成为社会文化热点，一大批语言文化类节目热播，如《汉字英雄》《中国汉字听写大会》《中国成语大会》《中国谜语大会》《朗读者》《经典咏流传》等，均以汉语言文学的无穷魅力吸引了无数观众，特别是青少年，引起社会热烈反响和广泛好评。其中尤以中央电视台的《中国诗词大会》，将中国古典诗词用新颖活泼的电视节目形式呈现出来，受众面广，赞誉度高，影响也最大，成为我国文化领域一道靓丽的风景线。山东城市出版传媒集团·济南出版社以此为契机，组织全国著名的教育专家和教学名师，及时推出这套《"诗词大会"夺冠文库》，展示诗歌之美，聚焦文学魅力，很有眼光和魄力。我承乏担任总主编，非常乐意向广大读者推介。

　　诗词是人们思想感情的高度凝练，是祖国语言文字的精华荟萃。中国是一个诗的国度，诗歌天空群星璀璨，唐诗、宋词、元曲都代表着一代文学的最高成就，不仅承载着文化传统，凝聚着民族精神，是增强民族认同感、凝聚力和创造力的元典，而且意境深邃，蕴含丰富，语言精练含蓄、生动形象，富有节奏感和音乐美，因而一直是我国中小学语文教育的重要内容。古诗词作品在新的统编语文教材中，不仅分量增多，覆盖面变广，要求也更高。小学、初中编入古诗词128首，高中仅要求背诵的就有40首。阅读诗词尤其是古诗词，不仅可以积累文言知识和文学文化常识，感受汉语言文字的优美和伟大，丰富传统文化素养，吸取中国优秀传统文化的精华，增强文化底蕴。更重要的是，当你遇到相同境遇时，可以得到千百年以前先贤们的抚慰、理解和激励，从中汲取思想、感情和艺术的营养，深化对历史、社会和人生的认识。尤其对于中小学生来说，更可以通过阅读古诗词，陶冶性情，感受真善美，培养审美情趣，发展思维能力。比如，屈原高洁坚贞的人格和对美好政治的理想，陶渊明诗中的率性自然，李白诗中的浪漫情怀，杜甫诗中的家国兴亡之叹，宋词中婉约细致的柔情之歌、慷慨激昂的爱国之声等，可以培养形象思维能力，唤起联想和想象，发展想象力，进而诱发创造性思维，引导我们认识社会，健全人格。再比如，陶渊明"采菊东篱下，悠然见南山"于自然平淡的语言中蕴含深杳情怀，白居易《琵琶行》中对音乐生动形象的描绘，对模仿、借鉴优美的文学语言，发展语言表达能力，都有直接的熏陶感染作用。

　　这套《"诗词大会"夺冠文库》设计新颖，很有创意，可谓别具匠心。丛书包括两部分，一是《四大名著诗词赏析》，共四册，每册精选了我国文学史上四大名著《红楼梦》《西游记》《水浒传》《三国演义》中有代表性的、能够体现人物性格特点的120首诗词加以赏析，供读者诵读和欣赏，既能让一般读者体会到小说中的诗词之美，又能帮助理解小说故事情节，把握人物性格特征。二是《飞花令》，即采用古代文人墨客行酒令的诗词文字游戏"飞花令"形式，解读诗词名篇佳作。丛书共五册，每册选取古诗词中常见的8个高频字，每字精选了40首左右的诗句，并附有解释。对部分比较生疏的古诗词，采用了整首诗的编辑方式，同时附有注释、赏析，这有利于全面了解诗句的意思和由来等。每册书后附有这套丛书的40个令字的《诗句令字音序检索表》，像查字典一样，便于快捷地查找到所需的诗句。这是一套实用性工具书，是开展古诗词"飞花令"竞赛等相关活动的宝典，方便参赛者有针对性地进行诵读练习。丛书内容为全国知名专家精选而成，其中部分篇目在中央电视台综合频道播出的《经典咏流传》传唱，如王维的《山居秋暝》、苏轼的《定风波·莫听穿林打叶声》、辛弃疾的《青玉案·元夕》、袁枚的《苔》等，深受大众喜爱。

阅读这套文库，至少具有两方面的意义：一是可以帮助读者读懂四大文学名著，更好地理解和欣赏四大文学名著。相对于以往四大名著诗词赏析类的图书，这套丛书的赏析特别强调通俗易懂，便于普及提高，更适用于普通读者。二是能够让参赛者在"飞花令"这种富有高雅情趣的竞赛活动中，促进古诗词的学习和训练，检验积累和诵读的成效，享受古诗词诵读的快乐，提升文化素养和品位。

愿广大读者阅读文学名著，喜爱祖国语文，热爱中华母语。享受古诗词，玩转飞花令！

2018年3月27日　改定于浙江师范大学

目 录
CONTENTS

◆ 前言 / 9

◆ 1. 石上偈 / 11

◆ 2. 作者题绝 / 12

◆ 3. 太虚幻境对联 / 13

◆ 4. 咏怀一联 / 13

◆ 5. 嘲甄士隐 / 14

◆ 6. 中秋对月 / 15

◆ 7. 口号一绝 / 16

◆ 8. 好了歌 / 17

◆ 9.《好了歌》解注 / 18

◆ 10. 娇杏赞 / 19

◆ 11. 智通寺对联 / 19

◆ 12. 荣禧堂对联 / 20

◆ 13. 西江月二首 / 21

◆ 14. 赞林黛玉 / 22

◆ 15. 护官符 / 23

◆ 16. 宁府上房对联 / 24

◆ 17. 秦可卿卧室对联 / 24

◆ 18. 晴雯判词 / 25

◆ 19. 袭人判词 / 26

◆ 20. 香菱判词 / 27

◆ 21. 钗黛判词 / 28

◆ 22.《红楼梦》引子 / 29

◆ 23. 终身误 / 30

◆ 24. 枉凝眉 / 31

◆ 25. 恨无常 / 32

◆ 26. 分骨肉 / 33

◆ 27. 乐中悲 / 34

◆ 28. 世难容 / 35

◆ 29. 喜冤家 / 36

◆ 30. 虚花悟 / 37

◆ 31. 聪明累 / 38

32. 留馀庆 / 39

33. 晚韶华 / 40

34. 好事终 / 41

35. 收尾·飞鸟各投林 / 42

36. 刘姥姥乞谋 / 43

37. 嘲顽石诗 / 44

38. 玉、锁铭文 / 45

39. 秦氏赠言 / 46

40. 赞王熙凤 / 46

41. 沁　芳 / 47

42. 有凤来仪 / 47

43. 杏帘在望 / 48

44. 蘅芷清芬 / 48

45. 世外仙源 / 49

46. 怡红快绿 / 50

47. 杏帘在望 / 51

48. 贾政灯谜 / 52

49. 元春灯谜 / 53

50. 迎春灯谜 / 54

51. 探春灯谜 / 55

52. 惜春灯谜 / 56

53. 宝钗灯谜 / 57

54. 春夜即事 / 58

55. 夏夜即事 / 59

56. 秋夜即事 / 60

57. 冬夜即事 / 61

58. 葬花吟（节选一）/ 62

59. 葬花吟（节选二）/ 63

60. 葬花吟（节选三）/ 64

61. 葬花吟（节选四）/ 65

◆　62. 葬花吟（节选五）/66

◆　63. 题帕三绝 / 67

◆　64. 咏白海棠 / 69

◆　65. 咏白海棠 / 70

◆　66. 咏白海棠 / 71

◆　67. 忆　菊 / 72

◆　68. 访　菊 / 73

◆　69. 种　菊 / 74

◆　70. 对　菊 / 75

◆　71. 供　菊 / 76

◆　72. 咏　菊 / 77

◆　73. 画　菊 / 78

◆　74. 问　菊 / 79

◆　75. 簪　菊 / 80

◆　76. 菊　影 / 81

◆　77. 菊　梦 / 82

◆　78. 残　菊 / 83

◆　79. 螃蟹咏 / 84

◆　80. 代别离·秋窗风雨夕 /85

◆　81. 咏　月 / 86

◆　82. 咏红梅花 / 87

◆　83. 访妙玉乞红梅 / 88

◆　84. 赤壁怀古 / 89

◆　85. 交趾怀古 / 90

◆　86. 钟山怀古 / 91

◆　87. 淮阴怀古 / 92

◆　88. 广陵怀古 / 93

◆　89. 桃叶渡怀古 / 94

◆　90. 青冢怀古 / 95

◆　91. 马嵬怀古 / 96

◆ 92. 蒲东寺怀古 / 97

◆ 93. 梅花观怀古 / 98

◆ 94. 西　施 / 99

◆ 95. 虞　姬 / 100

◆ 96. 明　妃 / 101

◆ 97. 绿　珠 / 102

◆ 98. 红　拂 / 103

◆ 99. 桃花行 / 104

◆ 100. 如梦令 / 106

◆ 101. 南柯子 / 107

◆ 102. 唐多令 / 108

◆ 103. 西江月 / 109

◆ 104. 临江仙 / 110

◆ 105. 中秋夜大观园即景
　　 联句诗 / 111

◆ 106. 右中秋夜大观园即景
　　 联句诗三十五韵 / 113

◆ 107. 姽婳词 / 115

◆ 108. 姽婳词 / 116

◆ 109. 姽婳词 / 117

◆ 110. 紫菱洲歌 / 119

◆ 111. 寄黛玉诗 / 120

◆ 112. 琴　曲 / 122

◆ 113. 悟禅偈 / 123

◆ 114. 望江南·祝祭晴雯
　　 二首 / 124

◆ 115. 赏海棠花妖诗 / 125

◆ 116. 赏海棠花妖诗 / 126

◆ 117. 赏海棠花妖诗 / 127

◆ 118. 散花寺签 / 128

◆ 119. 绝俗缘歌 / 129

◆ 120. 结红楼梦偈 / 130

前言

　　我国古代四大名著是中华民族文化的瑰宝，是中国文学史上的璀璨明珠，是中国小说史上的珠穆朗玛。它是笔墨写就的史诗，前无古人，后无来者；它字字珠玑，章章宝玉；它是对时代的静穆凝视，也是对历史的深沉思考。

　　四大名著的突出特色就是故事情节和诗词的融合。这些诗词如碧天里的星星，流光溢彩；它穿越时空，镶嵌在四大名著的长廊。这些诗词连缀的音符，如同大珠小珠在玉盘滴落，韵味无穷。

　　基于读者对四大名著的热爱，以及目前市场上对四大名著诗词的赏析类读物过于专业和高深的现状，我们萌发了编写一套更为通俗的四大名著诗词赏析读本的想法，以帮助读者更加轻松便捷地理解诗词内容，从而加深对整部作品的理解，形成自己独到的文学鉴赏方法。本套丛书共四本，即《"诗词大会"夺冠文库：〈红楼梦〉诗词赏析》《"诗词大会"夺冠文库：〈三国演义〉诗词赏析》《"诗词大会"夺冠文库：〈水浒传〉诗词赏析》《"诗词大会"夺冠文库：〈西游记〉诗词赏析》。

　　在内容上，这四本书分别从原著中选取有代表性的经典诗词120首,这些诗词或充分体现人物性格特点,或形象地概述章节内容,内涵丰富,寓意深刻。读之赏之,可以更好地品味小说中的诗词之美和诗词之趣,同时也能更好地理解小说的思想内容,走入人物的精神世界。

在体例上,我们按照小说章节顺序选取诗词,每一篇包括"原文""注释""赏析"三部分,"注释"和"赏析"尽量做到通俗易懂、简明扼要。

基于义务教育阶段的阅读要求,以及普通高中课程标准设置的"整本书阅读"的任务群,本套丛书的编写要旨还在于引导学生读经典,读整本书,培养学生的审美能力、鉴赏能力与创造能力,促进其思维发展与提升,使学生通过对中华古典诗词的积累和运用,丰富大脑库存,领略文化意蕴,强化对中华优秀传统文化的认同,增强文化理解与自信,提高语文核心素养和文化修养。

在编写过程中,编著者查阅参考了大量相关资料,以对四大名著负责任的态度,极其认真地研究推敲每一首选入的诗词,前后对照,反复斟酌,几易其稿。即便如此,水平所限,总有遗憾,书中不足,在所难免,恳请广大读者批评指正。另需要说明的是,因原著成熟时间较早,同时受历史因素的影响,本套丛书中有个别不符合现代价值观之处,请读者甄别!

编　者

2018年11月

【注释】

①偈（jì）：意译为颂，一般为四句的韵文。②倩（qìng）谁：请谁。

【赏析】

这首诗出现在《红楼梦》第一回《甄士隐梦幻识通灵　贾雨村风尘怀闺秀》中，是青埂峰下顽石上的一首偈子。作者以顽石自喻，表达了自己怀才却无用武之地，不得不转而著书的激愤和苦闷之情。

这块顽石是女娲炼石补天时剩下的，它因为不能去补天而日夜哀叹，后蒙茫茫大士、渺渺真人携入红尘，历尽悲欢离合后又回归山下。石上刻着它在红尘中的见闻，先被空空道人抄录问世传奇，后来又经曹雪芹披阅、增删和编纂。《红楼梦》的这一神奇来历显然是作者的托词，是曹雪芹为避免"文字狱"而为自己和本书设计的"迷彩服"。熟悉曹雪芹及《红楼梦》创作过程的脂砚斋在点评中指出，《红楼梦》的作者就是曹雪芹。

"无材可去补苍天，枉入红尘若许年"是顽石哀叹自己"补天"无门，只能混迹红尘，虚度年华。书中明言这块顽石是经过女娲锻炼的，并且"灵性已通"，也就是说它并不是"无材"之石。这里的"无材"是作者对自己空有才华却无处施展的愤懑之语。"身前身后事"指的是顽石入世前后的种种经历，暗喻作者在书中记录的不仅仅限于自己的亲身经历，而且涵盖了几代人的生活，正如书中所描述的贾府就涉及荣国公、宁国公的发迹直至贾府的败落，前后将近百年，历经数代人。

原　文

1. 石上偈①

无材可去补苍天，
枉入红尘若许年。
此系身前身后事，
倩谁②记去作奇传？

原 文

2. 作者题绝

满纸荒唐①言，

一把辛酸泪。

都云作者痴②，

谁解其中味③！

【注释】

① 荒唐：思想、言行等错误、离谱，不符合一般规则。② 痴：愚笨，不聪明。③ 其中味：书里面的真实含意及深刻道理。

【赏析】

这首诗出现在《红楼梦》第一回，表达了作者在当时"文字狱"盛行的情况下无法秉笔直书，只能"将真事隐去"，借助"假语村言"著书的无奈，以及因此而产生为世人所不解的苦闷与忧虑。

"满纸荒唐言"不仅指此书的来历荒诞不经："无材"补天的顽石记录了自己化为"通灵宝玉"后的见闻。更为"离经叛道"的是作者在书中所表现出的对女性的尊重，对宝黛爱情的赞美，对封建贵族家庭的腐朽、堕落的揭露和鞭挞，这些在当时的封建正统观念里都是"荒唐"的。然而，作者对女性有着深切的同情和痛惜，对自己经历的兴衰际遇、炎凉世态有着深刻的体悟，所以他怀着悲愤的心情，饱含着辛酸的眼泪，历时十载"哭成此书"（脂砚斋语）。

自《红楼梦》问世，人们对此书便有了诸多的解读方式，也形成了诸多的研究学派，各学派各执一词，但又有谁能"解其中味"呢？

【赏析】

　　这两副对联出自《红楼梦》第一回。"假作真时真亦假"一联的意思是：把假的当成真的，真的也就成了假的；把没有的当成有的，有的也就成为没有的了。作者在开卷之初明确告诉读者此书"将真事隐去"，他借"通灵"之说，用"假语村言"撰成此书。又说此书"大旨谈情""毫不干涉时世"，这些都是作者为避免"文字狱"而用的障眼法。但作者又唯恐读者不解"其中味"，用种种方法提示读者不要以假为真，不要把《红楼梦》当成一部谈情的小说来读，这副对联就是对读者的提示。

　　《咏怀一联》两句可从三个角度解读。首先，它是贾雨村以匣中美玉、镜盒中金钗自比，希望能"卖高价"，等待时机飞黄腾达。对联中巧妙地嵌入了贾雨村的名字，"价"谐音"贾"，"时飞"是贾雨村的字。其次，根据脂砚斋的批语，此联暗喻有另一层深意："玉在匵中"指贾宝玉在等待良缘，下联则指薛宝钗在等待时机，希望能青云直上。最后，"玉求善价"和"钗待时飞"又暗示了小说的发展脉络，林黛玉和薛宝钗的出场都是由贾雨村引出：第二回中，贾雨村做了林黛玉的老师，后又和林黛玉一起进京；第四回中，贾雨村"乱判葫芦案"引出薛家，进而薛宝钗出场。这副对联可谓"一石三鸟"。此类写作手法在书中屡见不鲜，曹雪芹可谓是当之无愧的语言大师。

3. 太虚幻境对联

假作真时真亦假，

无为有处有还无。

4. 咏怀一联

贾雨村

玉在匵中求善价，

钗于奁内待时飞。

原　文

5.嘲甄士隐

癞头僧

惯养娇生笑你痴，
菱花空对雪澌澌①。
好防佳节元宵后，
便是烟消火灭时。

【注释】

① 菱花空对雪澌澌：隐喻香菱（即英莲）被薛蟠强买做妾的不幸遭遇。

【赏析】

在《红楼梦》第一回中，甄士隐抱着爱女英莲（谐音"应怜"）在街上玩耍，遇见了癞头僧和跛足道人。癞头僧见了英莲便大哭，称她"有命无运、累及爹娘"，要甄士隐把英莲舍给他，甄士隐不理，癞头僧便念了四句诗预言了英莲和甄家的命运。

"惯养"两句是指英莲的命运。甄士隐膝下无子，只有一女，自然爱如珍宝，娇生惯养。后来英莲在元宵节被拐，十二三岁时被"呆霸王"薛蟠强行买走，纳为妾，改名香菱，最终被薛蟠之妻夏金桂摧残致死。"好防"两句是指甄士隐的命运。甄士隐在女儿失踪后，家中遭遇火灾，投奔岳父，又被岳父欺骗，贫病交加，看破红尘，随了跛足道人出家。本为望族的甄家就这样"烟消火灭"了。

在书中介绍甄士隐为姑苏乡宦、本地望族时，脂砚斋有批语"不出荣国大族，先写乡宦小家。从小至大，是此书章法"，以及"本地推为望族，宁荣则天下推为望族"。这些批语表明作者以甄士隐的小兴衰隐喻了贾府的大荣枯。

原　文

6.中秋对月

贾雨村

未卜^①三生愿，
频^②添一段愁。
闷来时敛额^③，
行去几回头。
自顾风前影^④，
谁堪月下俦^⑤？
蟾光^⑥如有意，
先上玉人楼^⑦。

【注释】

①　未卜：不能预知。②　频：时时，常常。③　敛额：皱眉头。④　自顾风前影：顾影自怜之意。⑤　谁堪月下俦（chóu）：谁是月下老人给我婚配的佳偶？俦，伴侣。⑥　蟾光：月光，同时喻有"蟾宫折桂"（即科举及第）之意。⑦　玉人楼：美人住的地方。玉人，指娇杏。

【赏析】

在《红楼梦》第一回中，穷书生贾雨村在甄府，见丫鬟娇杏回头看了他两次，以为娇杏对他有意，便"添了一段愁"。中秋节，寄居于葫芦庙中的他对月顾影自怜，又想起了"佳人"，于是对月抒怀，希望自己能够科举及第，然后抱得美人归。

曹雪芹擅长对人物进行个性化的塑造，拒绝"脸谱化"。贾雨村虽是奸邪之徒，但他出身于诗礼仕宦之家，后来通过科考入仕，还成为才华横溢的林黛玉的老师。因此，这个人物必须是有一定的才华方能令人信服。这首五律工整、流畅，很好地表达了贾雨村当时的心境。

原 文

7. 口号一绝

贾雨村

时逢三五^①便团圆，
满把晴光护玉栏^②。
天上一轮才捧出，
人间万姓仰头看。

【注释】

① 三五：十五，指阴历十五日。② 满把晴光护玉栏：指月光皎洁充盈，照耀着玉石栏杆。

【赏析】

这首诗也出自《红楼梦》第一回。中秋夜，甄士隐请贾雨村到府上喝酒，贾雨村酒后对月抒怀。他有才学，有"抱负"，渴望自己能够功成名就，让"人间万姓仰头看"。脂砚斋认为贾雨村是奸雄。只可惜，此时的甄士隐只看到了他的才学，却看不透他的奸诈，资助他银两、衣物，让他进京赶考，而贾雨村收了甄士隐的馈赠，"不过略谢一语，并不介意"。

贾雨村中举，升了知府后的第一件事便是"先上玉人楼"，讨甄府丫头娇杏为妾。后因贪婪残酷被革职，做了林黛玉的家庭教师。又借林如海和贾政之力补授了应天府，到任后判的第一个案子便是薛蟠强买香菱案。贾雨村全然不顾香菱是恩人之女，一味乱判，讨好贾家。后来又为讨好贾赦，害死"石呆子"，平儿骂其为"饿不死的野杂种"。根据脂砚斋的批语，这个一心想让"人间万姓仰头看"的钻营之徒最终也落了个"锁枷扛"的下场。

【注释】

①　荒冢：长满荒草的坟墓。②　终朝：整天，一天到晚。

【赏析】

这是《红楼梦》第一回中跛足道人度化甄士隐时念诵的歌谣。

身为姑苏望族的甄士隐原本过着以观花修竹、酌酒吟诗为乐的悠闲日子，在经历了女儿失踪、家遭火灾、岳父欺骗等一系列变故后，家道败落，贫病交加，露出了不久于人世的兆头。就在走投无路之际，他遇见了跛足道人，听到了这首歌谣，只觉得跛足道人满口"好"和"了"。跛足道人点化他说："可知世上万般，好便是了，了便是好。若不了，便不好；若要好，须是了。"深刻体验到世事无常、世态炎凉的甄士隐因此彻悟，随了跛足道人飘飘而去。

曹雪芹以甄府的兴衰隐喻了贾府的荣枯，甄士隐的出家也隐喻了贾宝玉的结局。

原　文

8. 好了歌

跛足道人

世人都晓神仙好，
惟有功名忘不了！
古今将相在何方？
荒冢①一堆草没了。
世人都晓神仙好，
只有金银忘不了！
终朝②只恨聚无多，
及到多时眼闭了。
世人都晓神仙好，
只有娇妻忘不了！
君生日日说恩情，
君死又随人去了。
世人都晓神仙好，
只有儿孙忘不了！
痴心父母古来多，
孝顺儿孙谁见了？

原 文

9.《好了歌》解注

甄士隐

陌室空堂,当年笏满床①。衰草枯杨,曾为歌舞场。蛛丝儿结满雕梁,绿纱今又糊在蓬窗上。说什么脂正浓、粉正香,如何两鬓又成霜?昨日黄土陇头②送白骨,今宵红灯帐底卧鸳鸯。金满箱,银满箱,展眼乞丐人皆谤。正叹他人命不长,那知自己归来丧!训有方,保不定日后作强梁③。择膏粱④,谁承望流落在烟花巷⑤!因嫌纱帽小,致使锁枷扛。昨怜破袄寒,今嫌紫蟒⑥长:乱烘烘你方唱罢我登场,反认他乡是故乡⑦。甚荒唐,到头来都是为他人作嫁衣裳!

【注释】

① 笏(hù)满床:形容家中做官的人很多。② 黄土陇(lǒng)头:指坟墓。③ 强梁:蛮横不讲理,这里指强盗。④ 择膏(gāo)粱:选择富家子弟为婿。⑤ 烟花巷:妓院聚集的地方。⑥ 紫蟒(mǎng):紫色的官袍。⑦ 反认他乡是故乡:佛家和道家通常把现实世界比作人暂时寄居的他乡,而把超脱尘世的虚幻世界看作故乡。

【赏析】

甄士隐本是有宿慧的,又经历了家破人亡,世态炎凉,一听《好了歌》就彻悟了,于是为《好了歌》做了深刻的解注。

跛足道人对甄士隐的解注拍掌叫好,赞曰:"解得切,解得切!"甄氏的解注好就好在他把世俗中人所看重的荣与枯、成与败、富与贫、贵与贱、寿与夭等进行了鲜明的对比,言语中充满了沧桑之感与沉郁之叹,形成了一种"忽荣忽枯、忽丽忽朽"(脂砚斋语)的气氛,让人不得不对世事的变幻和人性的冷暖进行深刻的反思。

甄士隐的解注既是对《好了歌》思想的深入解读和进一步引申发挥,也是对社会现实的深刻批判,还是对醉心于功名利禄的人的当头棒喝。它是甄士隐经历了从"望族"到"贫病交加"之后的深刻体悟,不仅揭示了封建时代人生理想的幻灭,而且揭示了这种理想的矛盾与危机。

另外,《好了歌》解注也是作者对贾府兴衰及书中诸多人物命运的一种概括和预示。如"笏满床"一句,脂砚斋批语说是"宁荣未败之先";"衰草枯杨"一句则是"宁荣既败之后";又如"金满箱"一句指"甄玉、贾玉一干人";"因嫌纱帽小"一句则指"贾赦、雨村一干人"等等。

【赏析】

　　这两副对联出自《红楼梦》第二回《贾夫人仙逝扬州城　冷子兴演说荣国府》。

　　娇杏者，"侥幸"也。在书中她和英莲的命运形成了鲜明的对比，娇杏是"命运两济"，而英莲则是"有命无运"。

　　娇杏本是甄家丫鬟，只因偶然地回头看了贾雨村两眼，便被他认为是"巨眼英雄""红尘知己"，后来成为贾雨村的正室夫人。女子私顾外人在当时是违背礼教的，娇杏却因错成为"人上人"。而英莲本是娇杏的主子小姐，贾雨村的恩人之女，却因被拐命运坎坷。发达后的贾雨村不思回报，乱判"葫芦案"，使英莲的处境雪上加霜，沦为奴婢。这一联既有作者对娇杏的讽刺，又有对英莲的同情，更有对贾雨村的批判。

　　"身后"两句描写的是贾雨村被革职后郊游至智通寺所见。意思是：人们所聚资财早已富足有余，但人们贪心不足，不知收敛，及至枷锁加身无路可走时，想回头却为时已晚。这副对联是对贪酷的贾雨村的当头棒喝。只可惜贾雨村虽然知道此联文浅意深，料定"其中必有个翻过筋斗来的"，却并没有醒悟，依旧不"智"不"通"，在复职后变本加厉，趋炎附势，最终落了个"锁枷扛"、无路可走的下场。贾雨村如此，贾赦、贾珍及四大家族中的人不都是如此吗？

原　文

10. 娇杏赞

偶因一着错，
便为人上人。

11. 智通寺对联

身后有馀忘缩手，
眼前无路想回头。

原 文

12.荣禧堂对联

座上珠玑昭日月，
堂前黼黻①焕烟霞。

【注释】

① 黼黻（fǔ fú）：古代高官礼服上所绣的花纹。

【赏析】

"座上"一联出现在《红楼梦》第三回，对联悬挂在荣国府正堂荣禧堂内，是林黛玉初进贾府所见。

上联写荣国府的豪华：座中人佩戴的珠玉光彩照人，可以与日月争辉。珠玑，本意为珠宝、珠玉，又常用来比喻诗文精彩，如杜牧有诗云："一杯宽幕席，五字弄珠玑"。所以这一句又兼赞座中人言谈不俗，文采风流。下联写荣府之显贵：堂上人所穿官服如烟霞般绚丽夺目。这一副对联与"钟鸣鼎食之家，诗礼簪缨之族"同义，符合贾府当时显赫的声势和地位。

这一副对联可以和后文第五十三回中出现的贾氏宗祠对联相互参看。大年三十，贾氏族人到宗祠祭祀先祖，作者借薛宝琴所见介绍了宗祠内悬挂的对联：勋业有光昭日月，功名无间及儿孙。这副对联歌颂贾氏的功勋光辉灿烂如同日月，他们的功名不间断地惠及儿孙。

从这两副对联可以看出，贾府这个历时百年的富贵之家是完全依赖祖辈的功勋和皇家的荫庇扶持，才享有显赫荣耀的地位。另外，这两副对联，一副为寄居贾府的林黛玉所见；一副为投靠贾府的薛宝琴所见，作者的安排可谓意味深长。

原　文

13. 西江月二首

其一

无故寻愁觅恨，有时似傻如狂。纵然生得好皮囊^①，腹内原来草莽^②。　潦倒不通世务^③。愚顽怕读文章^④。行为偏僻性乖张^⑤，那管世人诽谤！

其二

富贵不知乐业^⑥，贫穷难耐凄凉。可怜辜负好韶光^⑦，于国于家无望。　天下无能第一，古今不肖^⑧无双。寄言纨袴与膏粱^⑨：莫效^⑩此儿形状！

【注释】

① 好皮囊：好看的容貌。② 草莽：杂草，喻不学无术。③ 不通世务：指宝玉不肯走科举考试之路。④ 文章：指八股文等科举文章。⑤ 行为偏僻性乖张：行为偏离封建正统，性情怪僻。⑥ 乐业：安于富贵。⑦ 好韶光：大好的时光。⑧ 不肖：品行不好，没有出息。⑨ 纨袴(kù)与膏粱：纨，素色细绢。袴，通"裤"，指不学无术的富家子弟。⑩ 效：学习。

【赏析】

在《红楼梦》第三回《贾雨村夤缘复旧职　林黛玉抛父进京都》中，这两首词以似贬实褒的手法概括了贾宝玉的性格特点。

贾宝玉认为女儿清爽，甘心为丫鬟充役；男子浊臭，讨厌与士大夫交往；他杂学旁收，却不读圣贤书；他文采风流，却怕读科举文章。这些"似傻如狂"的言行与"诗礼簪缨之家"是格格不入的，是时时受压制的，贾宝玉又怎能不"愁"不"恨"呢？他知识广博，却因不屑于仕途，被认为是"腹内原来草莽""无能""不肖"。他既不是家族的孝子贤孙，也成不了国家的贤臣良相，自然也就"于国于家无望"了。他宁受世人诽谤，也绝不随波逐流。"潦倒不通世务"和"贫穷难耐凄凉"两句向我们预示了贾宝玉在贾府败落后是困顿不堪的。道学先生们自然会以他为反面教材告诫富家子弟们：你们千万不要学他的样子啊！

原　文

14.赞林黛玉

　　两弯似蹙①非蹙罥烟眉②，一双似泣非泣含露目。态生两靥③之愁，娇袭一身之病。泪光点点，娇喘微微。闲静时如姣花照水，行动处似弱柳扶风。心较比干多一窍④，病如西子⑤胜三分。

【注释】

　　① 蹙：皱眉。② 罥（juàn）烟眉：形容眉色好看，像一缕轻烟。罥，挂。③ 靥（yè）：面颊上的酒窝。④ 心较比干多一窍：比干，商代纣王的叔父，因直谏触怒纣王被处死。《史记·殷本纪》载："（比干）乃强谏纣。纣怒曰：'吾闻圣人心有七窍。'剖比干观其心。"古人认为心窍越多越聪明。这里说林黛玉的心比比干还要多一窍，极言其聪明。⑤ 西子：西施。春秋时越国美女，中国历史上四大美女之一。

【赏析】

　　在《红楼梦》第三回中，宝玉和黛玉初次见面，作者借宝玉对黛玉的形象进行了描写。

　　林黛玉本是灵河岸上的一株绛珠仙草，因神瑛侍者经常灌溉，修成女身。绛珠仙草为报答神瑛侍者，随其下凡，要以一世的眼泪还他。下凡后的她，因父母先后亡故，寄居贾府。因此，她多愁善感，常常面上酒窝含愁，眉尖若蹙，宝玉送她表字"颦颦"；她爱哭，眼中常常泪光如露，晶莹剔透；她多病，如风中弱柳；她美丽，如水畔姣花，赛过西施；她聪明颖悟，才思敏捷，比干不如。

　　这首赞文寥寥数语把林黛玉的多愁善感、病弱娇美、聪明灵秀描写得十分到位。尤其是作者并没有逐一描写她的五官，而只是以"罥烟眉"和"含露目"就把一个多愁爱哭的黛玉的形象描绘出来。我们不能不叹服作者对文字的驾驭能力。

原　文

15. 护官符

贾不假，
白玉为堂金作马①。
阿房宫，三百里②，
住不下金陵一个史。
东海缺少白玉床③，
龙王来请金陵王。
丰年好大雪④，
珍珠如土金如铁。

【注释】

① 贾不假，白玉为堂金作马：此句极言贾府的富贵。② 阿房宫，三百里：此句形容史府门第显赫。阿房宫，秦始皇统一中国后建造阿房宫，规模宏大，绵延三百余里，直至秦朝灭亡仍未完工。③ 东海缺少白玉床：此句形容王家奇珍异宝之多。④ 丰年好大雪：此句形容薛家财富之巨。雪，谐音"薛"。

【赏析】

《护官符》出现在《红楼梦》第四回《薄命女偏逢薄命郎　葫芦僧乱判葫芦案》。贾雨村借贾府之力补授了应天府，上任之初就接了一桩命案：为强买英莲，"呆霸王"薛蟠打死了冯渊（谐音"逢冤"）。贾雨村下令捉拿凶犯，一个门子制止了他，并给他呈上了这个"护官符"，声称"护官符"上的都是本省权贵，这四家"一损皆损，一荣皆荣"。趋炎附势的贾雨村于是胡乱判决了此案，保全薛蟠以讨好贾家。

这张"护官符"呈现的是四大家族的显赫与富贵，同时也揭露了所谓的"钟鸣鼎食之家，翰墨诗书之族"的官官相护，横行不法。四大家族最后一败涂地，究其根本原因，则如冷子兴所言："如今的儿孙，竟一代不如一代了！"第四回中，薛蟠视人命如儿戏已经令人发指，而当他入住贾府之后，贾府子弟引诱得他"比当日更坏了十倍"。子弟们如此堕落，四大家族焉能不败？"护官符"既是四大家族的"保命符"，更是他们的"掘墓符"！

原 文

16. 宁府上房对联

世事洞明皆学问，
人情练达即文章。

17. 秦可卿卧室对联

嫩寒锁梦因春冷，
芳气笼人是酒香。

【赏析】

这两副对联出现在《红楼梦》第五回《游幻境指迷十二钗　饮仙醪曲演红楼梦》。

贾宝玉随贾母等到宁国府赏梅，倦怠欲睡，于是秦可卿引其到上房。"世事"两句是上房内的一副对联，意思是洞晓世事，掌握规律，这些都是学问；熟悉人情世故，能恰当地处理俗务，总结出来就是极好的文章。与之相配的还有一副《燃藜图》，这是一副劝人苦学的画。汉代刘向夜晚独坐诵书，来了一个老头，吹燃拐杖照着他读书，并传授他学问。

这一画一联所折射出的人生观是封建家长所推崇的，很不合乎厌恶仕途经济、"不通世务"、"怕读文章"的贾宝玉的口味，所以他看见这幅画及对联，忙说："快出去！快出去！"

于是秦可卿又把他引到自己房内。"嫩寒"两句便是秦氏房内北宋词人秦太虚（秦观，字太虚）的对联。意思是春天微寒让人不能成眠，酒气芳香将人笼罩。与此联相配的画是唐伯虎的《海棠春睡图》，画的是杨贵妃的醉态。此画是否真有，不能确知。对联并不是秦观所作，而是曹雪芹假托秦观拟作，因秦观词风柔媚，多写男女情爱。这一联一画及秦氏房中种种极尽夸张的摆设，都是为了烘托渲染秦氏卧房的香艳、奢侈，暗喻秦氏的堕落，也为贾宝玉在此梦游太虚幻境铺垫。

【注释】

① 霁（jì）月：雨过天晴的明月，点"晴"字。② 彩云：喻"雯"（雯，成纹的云彩，即彩云）字。③ 夭：未成年而死。④ 多情公子：指贾宝玉。

【赏析】

在《红楼梦》第五回中，贾宝玉梦入太虚幻境，在"薄命司"中看到了记录贾府众女子命运判词的册子。小姐和少奶奶归入正册，上等丫鬟归入又副册，地位介于二者之间者归入副册。每册十二人，每人一首诗、一幅画，诗、画隐喻了每个人的姓名及命运。

这一首是晴雯的判词。"霁月难逢，彩云易散"不仅隐含了晴雯的名字，还暗示了她遭遇艰难，薄命早死。判词前有一幅画，画中"又非人物，也无山水，不过是水墨渲染的满纸乌云浊雾而已"。这幅画隐喻了晴雯处境的污浊与险恶。

晴雯是贾宝玉的丫鬟，她容貌出众，心灵手巧，如同雨后明月一样高洁难逢。她虽地位卑下，但性情刚烈，疾恶如仇，结果被阴邪之辈污蔑诽谤，病中被王夫人赶出了大观园，凄惨地死在并不关心她的姑舅哥哥家中，当时年仅17岁。

晴雯的死引起了贾宝玉的极度悲愤。他在祭文中盛赞晴雯的高贵纯洁，怒斥小人的陷害，恨不得"钳诐奴之口""剖悍妇之心"。然而，同样处于"乌云浊雾"中的贾宝玉除了能在月夜涕泣、怅望、彷徨外，又能如何呢？

原　文

18. 晴雯判词

霁月①难逢，彩云②易散。心比天高，身为下贱。风流灵巧招人怨。寿夭③多因毁谤生，多情公子④空牵念。

原 文

19. 袭人判词

枉自①温柔和顺，
空云似桂如兰。
堪羡优伶有福，
谁知公子②无缘。

【注释】

① 枉自：白白地。② 公子：指贾宝玉。

【赏析】

这一首判词前的画上画着"一簇鲜花，一床破席"，"鲜花"点袭人姓"花"，"破席"的"席"谐音"袭"，所以这首是花袭人的判词。

袭人在大观园里以"贤"著称。她本是贾母丫鬟，因贾母担心爱孙贾宝玉身边没有"竭力尽忠之人"，于是把"心地纯良，克尽职任"的袭人给了贾宝玉。她不仅长相娇俏，性情柔顺，而且不肯顺着"性情乖僻"的贾宝玉"胡来"，时常规劝贾宝玉，因此得到了贾府上下的一致称赞。尤其是在第三十四回贾宝玉挨打之后，袭人向王夫人进了一番虑及贾宝玉"一生的品行名声"的"忠言"，王夫人十分感激。随后，王夫人把袭人的丫头月钱停了，给了她和赵姨娘、周姨娘一样的待遇，这等于宣布袭人是贾宝玉的"准姨娘"，而这也正是袭人梦寐以求的。

但是，"天意从来高难问"，最终袭人嫁给了被她称为"混账人"的蒋玉菡，她的"宝二姨娘"的美梦成空，所以判词中用"枉自""空云"讽刺她。

【注释】

① 根并荷花：菱根挨着莲根。隐喻香菱即英莲。② 遭际：遭遇。③ 两地生孤木：拆字法，两个"土"（"地"）字，加一个"木"字，即"桂"，指夏金桂。

【赏析】

这一首是香菱的判词。香菱是薛蟠的侍妾，身份介于主子和丫鬟之间，因此归于副册。

香菱三岁被人拐走，十几岁时被薛蟠强行买走，纳为侍妾。薛蟠人称"呆霸王"，王熙凤、贾琏更称之为"薛大傻子"。香菱不仅容貌不俗，而且为人行事温柔安静，深得众人称赞。在第四十八回中，香菱苦志学诗，被薛宝钗戏称为"诗魔"，最后"精血诚聚"，梦中写出了"新巧有意趣"的好诗。这样一个出身望族、才貌双全的女子沦为"呆霸王"的侍妾已经十分不幸，更悲惨的是她在薛蟠娶了夏金桂后，受尽夏金桂的百般折磨，含恨而死。

判词前的画上画着"一株桂花，下面有一池沼，其中水涸泥干，莲枯藕败"。从画中的"莲枯藕败"及判词中的"香魂返故乡"来看，香菱最终的结局应是被夏金桂虐待致死。续书中写香菱最后被薛蟠扶为正室，似乎与曹雪芹原意不符。

原　文

20. 香菱判词

根并荷花①一茎香，
平生遭际②实堪伤。
自从两地生孤木③，
致使香魂返故乡。

原　文

21. 钗黛判词

可叹停机德①，
堪怜咏絮才②。
玉带林中挂③，
金簪雪里埋④。

【注释】

① 停机德：东汉乐羊子外出求学，中途而归，其妻停下织布机，割断经线，劝导其不要半途而废。在此喻宝钗之德。② 咏絮才：东晋谢道韫有才。某日大雪，谢道韫的叔叔谢安问："白雪纷纷何所似？"谢道韫的堂兄谢朗答："撒盐空中差可拟。"谢道韫答："未若柳絮因风起。"谢安对谢道韫赞赏不已。在此喻黛玉之才。③ 玉带林中挂：前三个字倒读音谐"林带玉"，指贾宝玉始终挂念林黛玉。④金簪雪里埋："金簪"喻宝钗，"雪"谐音"薛"。此句暗喻宝钗结局凄凉。

【赏析】

这是正册中第一首判词，写的是薛宝钗和林黛玉二人。

薛宝钗丰美如"杨妃"，林黛玉轻盈如"飞燕"；薛宝钗守拙藏愚，林黛玉目无下尘。薛宝钗最为人称道的是"德"：林黛玉刻薄她，她不在意；贾宝玉冷落她，她不计较。她常劝贾宝玉读书上进，提醒林黛玉不要读"禁书"。她是封建时代标准的淑女。林黛玉则以"才"见长：她文采风流，夺魁菊花诗，傲视群芳；她总是"一言不合"就作诗，她的《葬花词》《桃花行》《秋窗风雨夕》等无不精妙。但薛宝钗、林黛玉二人的"德"与"才"并没有给她们带来幸福：薛宝钗虽嫁给了贾宝玉，却因贾宝玉始终不忘林黛玉而凄凉一生；林黛玉爱情破灭，泪尽早逝。宝黛这样一对佳人结局却如此悲惨，怎不令人"可叹""堪怜"呢！

原　文

22.《红楼梦》引子

　　开辟鸿蒙①，谁为情种？都只为风月②情浓。趁着这奈何天，伤怀日，寂寥时，试遣③愚衷④。因此上，演出这怀金悼玉⑤的《红楼梦》。

【注释】

　　① 开辟鸿蒙：开天辟地。鸿蒙，指宇宙形成前的混沌状态。② 风月：指男女情爱。③ 遣：发泄，抒发。④ 愚衷：我的情怀、衷曲。愚，"我"的自谦词。⑤ 怀金悼玉：怀念、哀悼命运不幸的金陵十二钗。"金"指薛宝钗，"玉"指林黛玉，在此以薛宝钗和林黛玉代指金陵十二钗。

【赏析】

　　在《红楼梦》第五回中，警幻仙姑受宁荣二公之托，把宝玉带入太虚幻境，先让他看了金陵十二钗正册、副册、又副册，又"令其再历饮馔声色之幻"，希望宝玉能够"觉悟"，"入于正路"。

　　宝玉体验的"声色之幻"是仙女们演唱的《红楼梦》十二曲。十二曲是正册中十二名女子的命运概括，与正册中的判词互补。《红楼梦》十二曲前有《引子》，后有《收尾》，共计十四支曲子。这些曲子的曲牌名是作者自创，每一首曲牌名都是对曲子内容的提示和概括。这首首就是提示《红楼梦》是谈"风月"的，是悼念那些不幸的女子的。

　　需要注意的是，"风月情"只是《红楼梦》的线索之一，"大旨谈情"更是作者的"烟云模糊法"（脂砚斋语），否则作者又何必慨叹"谁解其中味"呢！

原 文

23. 终身误

都道是金玉良姻①，俺②只念木石前盟③。空对着，山中高士④晶莹雪⑤；终不忘，世外仙姝⑥寂寞林。叹人间，美中不足今方信。纵然是齐眉举案⑦，到底意难平。

【注释】

① 金玉良姻：薛宝钗有金锁，贾宝玉有"通灵宝玉"，二人的姻缘被认为是"金玉良姻"。② 俺：以宝玉的口吻自称。③ 木石前盟：林黛玉的前身是绛珠仙草，贾宝玉的前身是神瑛侍者，神瑛侍者曾以甘露灌溉绛珠仙草，所以宝黛的爱情被称作"木石前盟"。④ 高士：品德高尚的人。⑤ 雪：谐音"薛"，指薛宝钗。⑥ 姝：美女。⑦ 齐眉举案：东汉梁鸿的妻子给他送饭时，把托盘举得跟眉毛一样高以示敬重，后人以"举案齐眉"喻夫妻互相尊敬。

【赏析】

这支曲子以宝玉的口吻写成，唱的是宝钗的不幸。

宝钗"通今博古""艳冠群芳""随分从时"，可谓才、品、貌俱全，堪称封建时代女子的典范，又有金锁匹配"通灵宝玉"，似乎比黛玉更适合做"宝二奶奶"。但宝玉和她始终是有隔膜的，因为宝钗时常对宝玉说些"混账话"，劝他走"仕途经济"之路。金钏被逼跳井，宝钗认为"不过多赏他几两银子发送他，也就尽了主仆之情了"，而宝玉则恨不得"跟了金钏儿去"，更在王熙凤生日当天溜出府，去祭奠同一天生日的金钏。可以说宝玉和宝钗的"三观"是完全不同的。虽然最终宝玉不得不娶了宝钗，可面对这个"冷美人"，他念念不忘的只有林黛玉。无论宝钗怎样贤德，宝玉心中的痛苦都难消难平。

宝玉后来出家当了和尚，而宝钗的结局则是"金簪雪里埋"——果然是"金玉良姻"误终身啊！

【注释】

① 阆（láng）苑仙葩：神仙园林里的仙花，指林黛玉。② 美玉无瑕：指贾宝玉。瑕，玉上面的斑点。③ 嗟呀：叹息。

【赏析】

"枉凝眉"意为徒然悲愁。这一曲是写多愁善感的林黛玉。

林黛玉因父母双亡寄居外祖母家，她和贾宝玉自幼"日则同行同坐，夜则同息同止"，青梅竹马，两小无猜。林黛玉姿容绝代，才思敏捷，尤其是她生性淡泊，从不劝宝玉读"圣贤书"，走"仕途经济"路，被宝玉视为知音。但自从戴有金锁的薛宝钗入住贾府后，"金玉良姻"的说法给林黛玉带来极大的不安。薛宝钗不仅"容貌丰美"，而且"行为豁达"，深得贾府上下称赞。林黛玉则"孤高自许，目无下尘"，常常言辞犀利，被认为"小性儿"。因此，林黛玉和贾宝玉虽然一个如仙葩，一个如美玉；一个总为他流泪叹息，一个常为她牵肠挂肚，但二人始终是有缘相遇，无缘结合。支撑林黛玉活下去的唯一希望是她和贾宝玉的爱情，她和贾宝玉的爱情破灭之日，便是她泪尽身亡之时。刻骨铭心的"草木前盟"终究虚化为水中月，镜中花！

原　文

24.枉凝眉

一个是阆苑仙葩①，一个是美玉无瑕②。若说没奇缘，今生偏又遇着他；若说有奇缘，如何心事终虚化？一个枉自嗟呀③，一个空劳牵挂。一个是水中月，一个是镜中花。想眼中能有多少泪珠儿，怎经得秋流到冬尽，春流到夏！

原　文

25. 恨无常

喜荣华正好，恨无常又到。眼睁睁，把万事全抛。荡悠悠，把芳魂消耗。望家乡，路远山高。故向爹娘梦里相寻告：儿命已入黄泉，天伦①呵，须要退步抽身早！

【注释】

① 天伦：父亲的代称。

【赏析】

这一曲唱的是元春。正册中，她的判词是：二十年来辨是非，榴花开处照宫闱。三春争及初春景，虎兕相逢大梦归。

元春是贾政和王夫人的女儿，被选入宫中做女史，后又封"贤德妃"。"榴花开处照宫闱"正是描写她的荣宠。她回府省亲时风光无限，其声势、排场远非迎春、探春、惜春可比。元春的晋封使贾府进入"烈火烹油，鲜花着锦之盛"，然而这只是"瞬息的繁华，一时的欢乐"。当死神来临时，元春醒悟到所谓的荣华富贵是靠不住的，所以她向父母托梦，发出了警告：爹娘啊，我已经命入黄泉，你们要急流勇退，及早抽身啊！

判词中"虎兕相逢大梦归"一句意为当老虎和一种类似犀牛的猛兽相遇时，元春丧命。曲中"望家乡"一句则暗示她的死亡地点不正常。这些都意味着元春是非正常死亡，所以她对父母的警告才如此沉痛。

原　文

26.分骨肉

一帆风雨路三千，把骨肉家园齐来抛闪①。恐哭损残年②，告爹娘，休把儿悬念。自古穷通③皆有定，离合岂无缘？从今分两地，各自保平安。奴去也，莫牵连④。

【注释】

① 抛闪：抛开。② 残年：指老年人。③ 穷通：穷困与发达，倒霉与走运。④ 牵连：牵挂流连。

【赏析】

这一曲是写探春。正册中，她的判词是：才自精明志自高，生于末世运偏消。清明涕送江边望，千里东风一梦遥。

探春是贾府三小姐，她虽是赵姨娘所生，但因聪明能干，敢说敢做，深得王夫人的欢心。在协理大观园时，她"兴利除宿弊"，表现出了非凡的治家才干。她是扎手的"玫瑰花"，连王熙凤也畏她几分。她有志向，说若自己是个男人，"必定早走了，立一番事业"。她的见识远高于贾府其他女子，面对抄检大观园的丑态，她悲愤落泪，并预言了贾府将因"自杀自灭"而"一败涂地"。

随着贾府走向"末世"，探春空有才干，却无力回天，最后被迫远嫁。离别时，怕哭坏了风烛残年的双亲，她只能含泪劝慰：爹娘啊，你们不要惦念我。人的命运都有定数，我们今日分离，又怎知他日不会再见。然而，从判词里的"千里东风一梦遥"以及配画中的风筝来看，探春将如风筝一样一去不复返，无缘再回故国家园了。

原 文

27. 乐中悲

襁褓中，父母叹双亡。纵居那绮罗丛①，谁知娇养？幸生来，英豪阔大宽宏量，从未将儿女私情略萦②心上。好一似，霁月光风耀玉堂③。厮配④得才貌仙郎，博得个地久天长，准折⑤得幼年时坎坷⑥形状。终久是云散高唐⑦，水涸湘江。这是尘寰⑧中消长数⑨应当，何必枉悲伤！

【注释】

① 绮罗丛：指富贵家庭。② 萦：牵挂。③ 霁月光风耀玉堂：喻湘云胸怀如雨后的日月光辉照亮白玉堂那样光明磊落。④ 厮配：相配。⑤ 准折：抵上，弥补。⑥ 坎坷：道路不平，喻人生多磨难。⑦ 云散高唐：指史湘云丈夫早亡。⑧ 尘寰（huán）：尘世。⑨ 消长数：盛衰变化的气数。

【赏析】

这一曲写的是史湘云。正册中，她的判词是：富贵又何为，襁褓之间父母违。展眼吊斜晖，湘江水逝楚云飞。

史湘云是贾母的内侄孙女，她虽生于侯门，但自幼父母双亡，叔叔、婶婶并非真正疼爱她。好在她心胸宽广，性格活泼开朗。她淘气，曾穿着贾宝玉和贾母的衣服玩耍；她话多，迎春"嫌"她，宝钗"受不了"她；她心直，告诉宝琴，王夫人屋里"人多心坏"；她才思敏捷，一面和人说话，一面心内做出诗来。

后来，她嫁给了一个如意郎君，本以为可以地久天长，弥补幼年的不幸，不料丈夫早亡，婚后的幸福转瞬即逝。这都是命中的气数注定，又何必枉自悲伤——心胸宽广的湘云大概也只能这样自我安慰了。

原 文

28.世难容

气质美如兰，才华阜①比仙。天生成孤癖人皆罕②。你道是啖③肉食腥膻，视绮罗俗厌；却不知太高人愈妒，过洁世同嫌。可叹这，青灯古殿人将老；辜负了，红粉④朱楼春色阑⑤。到头来，依旧是风尘肮脏违心愿。好一似，无瑕白玉遭泥陷；又何须，王孙公子叹无缘。

【注释】

①阜：丰富。②罕：罕见。③啖（dàn）：吃。④红粉：指年轻女子。⑤春色阑：春色将尽，比喻女子青春将逝。

【赏析】

这一曲是写世俗难容的妙玉。正册中，她的判词是：欲洁何曾洁，云空未必空。可怜金玉质，终陷淖泥中。

妙玉孤僻高傲，世所罕见。贾府请她，必须下请帖才肯来；她以隔年的雨水给贾母奉茶，却用珍藏了五年的雪水招待宝钗、黛玉；她嘲讽黛玉是"大俗人"，从不让人的黛玉竟然"不好多话"；刘姥姥用过的小盖盅，她嫌脏抛弃，却把自己常用的绿玉斗给宝玉用；她是带发修行的尼姑，自称"槛外人"，却用粉红信笺给宝玉贺寿。这些都意味着她虽身在空门，心却未空。她的孤洁遭世俗妒恨，李纨曾说她为人"可厌"，因而不理她。

她气质如兰，又才华横溢，连黛玉都称她为"诗仙"。可惜她只能与青灯古佛相伴，任凭年华流逝。

原 文

29.喜冤家

中山狼，无情兽，全不念当日根由。一味的骄奢淫荡贪还构①。觑②着那，侯门艳质③同蒲柳④；作践⑤的，公府千金似下流。叹芳魂艳魄，一载荡悠悠。

【注释】

① 贪还构：贪婪、构陷。② 觑（qù）：看。③ 侯门艳质：意同后文的公府千金，都指贾迎春。④ 蒲柳：水杨，一种入秋就凋零的树木，用以比喻轻贱。⑤ 作践：糟蹋。

【赏析】

这一曲是写迎春因被错配了婚姻而招来了冤家对头，被折磨致死的不幸遭遇。正册中，她的判词是：子系中山狼，得志便猖狂。金闺花柳质，一载赴黄粱。

迎春是贾赦的庶出女儿，贾府四艳中的二小姐。她温柔沉默，生性懦弱，与人无争，人称"二木头"。她生母早逝，自幼养在王夫人身边，过了"几年心净日子"。她的嫡母邢夫人并不关心她，贾琏和王熙凤作为她的亲哥哥、亲嫂子对她也并不在意。而贾赦更是将她如抵债一般嫁给了孙绍祖。孙家祖上并非诗礼名族，当年因为趋附贾家的势力，又遇上了过不去的槛儿，才以门生的身份拜在贾府门下。孙绍祖是个寡廉鲜耻、忘恩负义的恶棍。他对迎春经常非打即骂，所以判词及曲中称其为"中山狼""无情兽"。这个受过贾府恩惠的"中山狼"视贾府千金如同卑贱的蒲柳，待迎春如奴婢。迎春回贾府哭诉，王夫人虽然心疼，却也无奈。邢夫人则根本"不问其夫妻和睦，家务烦难"，只是"面情塞责而已"。迎春嫁入孙家不到一年，便被孙绍祖虐待致死。

原文

30. 虚花悟

将那三春看破，桃红柳绿待如何？把这韶华打灭，觅那清淡天和①。说什么，天上夭桃盛，云中杏蕊多②。到头来，谁把秋捱过？则看那，白杨③村里人呜咽，青枫林④下鬼吟哦。更兼着，连天衰草遮坟墓。这的是，昨贫今富人劳碌，春荣秋谢花折磨。似这般，生关死劫谁能躲？闻说道，西方宝树唤婆娑⑤，上结着长生果⑥。

【注释】

① 天和：自然的和气。② 天上夭桃盛，云中杏蕊多：天上夭桃和云中杏蕊比喻荣华富贵。③ 白杨：古时墓地多种植白杨树。④ 青枫林：杜甫的《梦李白》中有"魂来枫林青"之句，指鬼魂出没。⑤ 婆娑：或谓"婆罗"，常绿乔木，相传释迦牟尼佛在此树下涅槃。⑥ 长生果：比喻摆脱尘世痛苦，修成正果。

【赏析】

这一曲是写惜春。正册中，她的判词是：勘破三春景不长，缁衣顿改昔年妆。可怜绣户侯门女，独卧青灯古佛旁。

惜春是贾府四艳中最小的一个。三个姐姐的命运让她看破红尘：虽然家族鼎盛时有荣华富贵，但当家族衰落的"秋天"来临时，种种不幸谁能捱过？白杨树下，人们哀哭；青枫林中，鬼魂悲歌。更何况，看到连天枯草遮盖着的累累坟墓，就该明白贫与富都只是一场空忙碌，生死关口谁能躲过呢？这个侯门千金最终披上了道装，与青灯古佛相伴，寻觅清淡、自然的生活。可是，出家后的她"缁衣乞食"（脂砚斋语），类同乞丐又哪里能找到她心中的"长生果"呢？

原　文

31. 聪明累

机关①算尽太聪明，反算了卿卿②性命。生前心已碎，死后性空灵。家富人宁，终有个家亡人散各奔腾。枉费了，意悬悬③半世心；好一似，荡悠悠三更梦。忽喇喇似大厦倾，昏惨惨似灯将尽。呀！一场欢喜忽悲辛。叹人世，终难定！

【注释】

① 机关：心机，权术。② 卿卿：夫妻间的爱称，这里有嘲讽之意。③ 意悬悬：费心劳神，忐忑不安。

【赏析】

这一曲是写王熙凤。正册中，她的判词是：凡鸟偏从末世来，都知爱慕此生才。一从二令三人木，哭向金陵事更哀。

王熙凤是王夫人的内侄女，贾琏之妻，掌管荣国府家务。她是一个多面性的人物：她美丽，如"神仙妃子"；她能干，秦可卿去世，她同时打理宁荣二府，事事妥帖；她善谈，常引得众人哈哈大笑；她"酸"，不许贾琏碰通房丫头平儿，更不许他纳妾；她狠，下人都怕她；她贪，放高利贷，收受贿赂；她毒，不动声色地害死了贾瑞和尤二姐；她泼，大闹宁国府，吓得贾珍溜走，尤氏无措，贾蓉磕头告饶。

她很有心机，可她聪明反被聪明误，到头来反而送了自己的性命。生于家族末世，她一方面为家务操碎了心，希望可以家富人宁；另一方面，她的贪婪、狠毒又加速了贾府的家亡人散。贾琏对她也由言听计从，到冷漠、命令，最终休弃。她费尽心思算计半生，又有何用？贾府还是如大厦倾倒，如油灯熄灭。高鹗在续书中写她在贾府败落后病死，归葬金陵，未提及被休弃，似与曹雪芹原意不符。

【注释】

① 乘除加减：指上天的赏善罚恶。② 苍穹：苍天。

【赏析】

这一曲是写巧姐。正册中，她的判词是：事败休云贵，家亡莫论亲。偶因济刘氏，巧得遇恩人。

刘姥姥因为生活艰难，向贾府求助，王熙凤资助了她二十两银子。后来刘姥姥二进荣府，又得到贾府更多馈赠。她给王熙凤的女儿取名"巧姐"，寓意其因"巧"而逢凶化吉。

贾府败落，往日的富贵烟消云散，骨肉之情也变得凉薄。巧姐被见钱眼开的"狠舅奸兄"推入火坑，碰巧刘姥姥三进荣国府，闻讯想办法救了巧姐。四大家族因积恶而一败涂地，王熙凤也因自己的贪、狠、毒下场凄惨，又怎能想到自己的偶发善念，竟然让自己唯一的骨肉幸免于难！所以在曲中，巧姐再三地庆幸：多亏了娘亲！多亏了娘亲！积下阴德护佑了我。奉劝世人啊，一定要济困扶穷多行善。要知道，苍天有灵，赏善罚恶，丝毫不爽！

原　文

32. 留馀庆

留馀庆，留馀庆，忽遇恩人；幸娘亲，幸娘亲，积得阴功。劝人生，济困扶穷，休似俺那爱银钱忘骨肉的狠舅奸兄！正是乘除加减①，上有苍穹②。

原 文

33.晚韶华

镜里恩情①，更那堪梦里功名②！那美韶华去之何迅！再休提绣帐鸳衾③。只这带珠冠④，披凤袄，也抵不了无常性命。虽说是，人生莫受老来贫，也须要阴鸷⑤积儿孙。气昂昂头戴簪缨，气昂昂头戴簪缨；光灿灿胸悬金印；威赫赫爵禄高登，威赫赫爵禄高登；昏惨惨黄泉路近。问古来将相可还存？也只是虚名儿与后人钦敬。

【注释】

① 镜里恩情：指李纨年轻守寡。② 梦里功名：指贾兰当官后不久死去。③ 绣帐鸳衾：指夫妻生活。④ 珠冠：与凤袄都指古时诰命夫人的穿戴。⑤ 阴鸷（zhì）：阴德。

【赏析】

这一曲是写李纨。正册中，她的判词是：桃李春风结子完，到头谁似一盆兰。如冰水好空相妒，枉与他人作笑谈。

李纨出身名门，嫁给了贾宝玉的同胞哥哥贾珠。她的父亲奉行"女子无才便是德"，不让她多读书，只以女红家务为主。李纨年轻守寡，但她如"槁木死灰"一般，日常只孝敬公婆、教子读书、陪诸姐妹，余者一概不管。

丈夫早逝，夫妻恩爱成为镜中幻影，李纨只能任凭年华飞逝。她把全部的心血都倾注在儿子贾兰身上。贾兰不负所望，最终是头戴缨冠，胸悬金印，身居高位，威风凛凛。李纨母以子贵，穿上了凤冠霞帔。但功名富贵抵挡不了死神的脚步，年轻的贾兰不久命入黄泉（另一说是李纨在儿子当官后不久去世）。从"须要阴鸷积儿孙"来看，李纨似乎在贾府败落后做了什么不好的事情，所以最后她母子的不幸没有博得人们的同情，而是成为"笑谈"。

【注释】

① 画梁春尽落香尘：暗指秦可卿在天香楼悬梁自尽。② 秉月貌：具有美丽的容貌。③ 箕裘（jī qiú）颓堕：儿孙不能继承祖业。箕裘，指祖先的事业。④ 敬：指贾敬。⑤ 宁：指宁国府。⑥ 宿孽：祸根。

【赏析】

这一曲是写秦可卿。曲名"好事终"，指情事终了，含讽刺之意。正册中，秦可卿的判词是：情天情海幻情身，情既相逢必主淫。漫言不肖皆荣出，造衅开端实在宁。

秦可卿的身上迷雾重重：她是被人从弃婴堂抱来的，却嫁给了宁国府未来的继承人贾蓉；她出身卑微，却在豪门里毫无违和感：贾母视她为"重孙媳中第一个得意之人"；王熙凤与她情同"闺蜜"；她见识非凡，死后托梦给王熙凤，告诉她两件事可使家族"常保永全"，令王熙凤十分敬畏。

她来自"情天情海"，是"情"的化身，因而专擅风情，最终也因"情"悬梁自尽。"情"字是她的标签。曲子及判词中明言贾家败亡的罪魁是宁国府，而祸根便是"情"——秦可卿似乎难辞其咎。可是贾府之败能归罪于她吗？祖父贾敬不继承祖业，只在道观里"和道士们胡羼"；公公贾珍则一味享乐，无人能管；丈夫贾蓉也是一个纨绔子弟。这些又岂是她一个弱女子的错？

虽然作者在词、曲中给她贴了个"情"的标签，但后文并未明写她的"情事"，死因也含糊其辞，可能是作者在十载的批阅、增删后，对这个人物做出较大改动的缘故吧！

34. 好事终

画梁春尽落香尘①。擅风情，秉月貌②，便是败家的根本。箕裘颓堕③皆从敬④，家事消亡首罪宁⑤。宿孽⑥总因情。

原　文

35.收尾·飞鸟各投林

为官的，家业凋零；富贵的，金银散尽；有恩的，死里逃生；无情的，分明报应。欠命的，命已还；欠泪的，泪已尽。冤冤相报①实非轻，分离聚合皆前定。欲知命短问前生，老来富贵也真侥幸。看破的，遁入空门②；痴迷的，枉送了性命。好一似食尽鸟投林，落了片白茫茫大地真干净！

【注释】

① 冤冤相报：冤家对头的相互报应。
② 遁入空门：出家为尼、为僧。

【赏析】

这是《红楼梦》十二曲总收尾的曲子，概括了贾府的"树倒猢狲散"以及诸女子的不幸结局。

虽然作者说此书"大旨谈情""毫不干涉世事"，可是诸女子的命运始终没有逃过"世事"的操控。在书中，作者借"谈情"揭露了封建贵族的荒淫无度、贪得无厌、草菅人命、官官相护。这决定了他们在盛时有多显赫，败时就有多悲惨。《聪明累》一曲中有贾府将"家亡人散各奔腾"的预言。这一曲《飞鸟各投林》正是对以贾府为首的四大家族的"家亡""人散"进行了具体的描绘。

前两句写"家亡"：家业凋零，金银散尽，往日的富贵成为梦幻泡影。后面写"人散"：有的死里逃生，有的泪尽夭亡，有的因无情遭报应，有的凭侥幸得富贵，有的冤冤相报，有的骨肉分离，有的看破红尘入空门，有的执迷不悟送了性命……最后括：家族败了，子孙散了，就好像那吃完了食物的鸟儿各自飞入了树林中，只剩下一片白茫茫的大地真干净！

36. 刘姥姥乞谋

得意浓时易接济，

受恩深处胜亲朋。

【赏析】

　　这一联是第六回回末诗。这一回的回目是《贾宝玉初试云雨情　刘姥姥一进荣国府》。

　　村妇刘姥姥因为家道艰难，难以为继，不得不进贾府求助。王熙凤接济了她二十两银子，虽然王熙凤根本瞧不起刘姥姥，但因此时的她不过十八九岁就掌管了荣国府家务，所到之处被丫头仆妇众星捧月一般追随，正是春风得意之时。加之刘姥姥在向她求借时，宁国府贾蓉又来向她借玻璃炕屏，王熙凤更为得意地说："也没见你们，王家的东西都是好的不成……"所以此时的王熙凤正是"得意浓时"，而二十两银子对她来说是微不足道的，并非她真的怜老惜贫。

　　下联是说刘姥姥不忘贾府给她的恩惠，在贾府败落时，王熙凤的女儿巧姐被"狠舅奸兄"推入了火坑，是刘姥姥把巧姐救了出来。

　　红楼梦有不同的版本。在甲戌本、戚序本第六回正文开头前还有一首回前诗曰：朝扣富儿门，富儿犹未足。虽无千金酬，嗟彼胜骨肉。前两句是指刘姥姥向王熙凤求借时，锦衣玉食的王熙凤犹为餍足，反向刘姥姥告说"大有大的艰难去处"。后两句是说王熙凤给刘姥姥的资助虽然微不足道，但刘姥姥在贾府败落时给予王熙凤的回报却远胜贾府的骨肉至亲。"嗟彼胜骨肉"意即"受恩深处胜亲朋"。

原 文

37.嘲顽石诗

女娲炼石已荒唐，
又向荒唐演大荒①。
失去幽灵真境界，
幻来亲就臭皮囊。
好知运败金无彩，
堪叹时乖②玉不光。
白骨如山忘姓氏，
无非公子与红妆。

【注释】

①又向荒唐演大荒：又向荒唐的人世间演出顽石的荒唐故事。②时乖：时运不好。

【赏析】

这首诗出自《红楼梦》第八回《比通灵金莺微露意 探宝钗黛玉半含酸》。贾宝玉去探望生病的薛宝钗，二人赏鉴了"通灵宝玉"和金锁。这是"通灵宝玉"和金锁的正式亮相，"金玉良姻"之说自此登场。

这首诗是作者以"后人"之名对幻化为"通灵宝玉"的顽石的嘲弄。女娲炼石补天已经是荒诞不经的事情，而这顽石又到这荒唐的人间来演述种种荒唐事。在幽微灵秀的青埂峰下，顽石自由自在，却偏偏要化成"通灵宝玉"来亲近臭皮囊。要知道厄运来时，那晶莹灿烂的金锁失去了光彩，那莹润如酥的美玉也没有了光泽。诗中点明"通灵宝玉"只不过是一块顽石。既然是顽石，又何来的"金玉良姻"？"金无彩"和"玉无光"则预示了将来宝钗的凄凉和宝玉的潦倒不堪。诗的最后两句似指贾府衰败后的惨状。

38.玉、锁铭文

莫失莫忘，

仙寿恒昌。

不离不弃，

芳龄永继。

【赏析】

这两句出自《红楼梦》第八回，分别是"通灵宝玉"和金锁上刻的铭文，二者合起来是一副工整的对联，恰成"一对儿"。

这两句看起来都是吉利的祝福之语，一个是"仙寿恒昌"，一个是"芳龄永继"。可是这二者都是有前提条件的：莫失莫忘，不离不弃。根据脂砚斋的批语提示，"通灵宝玉"后来被"误窃"，原稿有"凤姐扫雪拾玉"和"甄宝玉送玉"的情节。"通灵宝玉"既失，何来"寿"与"昌"？贾宝玉最终离家当了和尚，抛弃了宝钗，宝钗自然也不可能"芳龄永继"。更何况"通灵宝玉"是茫茫大士和渺渺真人把顽石幻化而成，是仙家造假。宝钗的金锁来历也颇为可疑。虽然薛家人声称金锁是一个癞头和尚给的，可是薛家诸人说法并不一致，种种迹象表明它是薛家根据"通灵宝玉"来量身打造的，是薛家在造假。所以，所谓的"金玉良姻"不过是仙凡共同造假的结果。既然玉和锁都是假的，刻在其上的铭文又如何能成真呢？

原 文

39. 秦氏赠言

三春去后诸芳尽，
各自须寻各自门。

40. 赞王熙凤

金紫①万千谁治国，
裙钗一二可齐家。

【注释】

① 金紫：佩金饰穿紫袍的人，指高官显爵的男子。

【赏析】

这两首诗出自《红楼梦》第十三回《秦可卿死封龙禁尉　王熙凤协理宁国府》。秦可卿死时，王熙凤梦见她前来告别，最后留下两句赠言。"三春去后诸芳尽"，表面是说春天过后，百花落尽，实则暗喻在元春、迎春、探春三姐妹或死或远嫁后，大观园诸女子也将如百花凋落。"各自须寻各自门"即"飞鸟各投林"之意，指厄运来时，诸女子将迎来各自不同的命运。第五回里警幻仙姑所歌"春梦随云散，飞花逐水流"与这两句同义。

"金紫万千谁治国，裙钗一二可齐家"是十三回结束时的两句诗。秦可卿死后，宁国府大办丧事。但因尤氏推病不能料理府内事务，贾珍请王熙凤协理。王熙凤应允后，先梳理了宁府的五大弊病，在第十四回她采取了有效的措施。在这一联里，作者将"齐家"和"治国"联系起来，因为中国古代士大夫阶层的价值取向是"修身、齐家、治国、平天下"。一个人要先有好的品行修为，在此基础上管理好家庭，进而治理好国家，平定天下。而身为三品爵威烈将军及贾府族长的贾珍竟管不好自己的家事，只能求助于裙钗女子，这其中的讽刺意味十分强烈。以小喻大是《红楼梦》的特点，贾府是封建宗法制社会的缩影，"金紫万千"更点明贾珍只是千万个无能的封建官僚中的一个。

41. 沁　芳

贾宝玉

绕堤柳借三篙翠，
隔岸花分一脉香。

42. 有凤来仪

贾宝玉

宝鼎茶闲烟尚绿，
幽窗棋罢指犹凉。

【赏析】

在《红楼梦》第十七回至十八回《大观园试才题对额　荣国府归省庆元宵》中，贾政带宝玉游新建成的大观园，命其题对联匾额，以试其才。他们在过了"曲径通幽处"后，进入一石洞，看见佳木、奇花、清流、小桥，桥上有亭子，宝玉将亭子命名为"沁芳亭"，并拟了一副对联。沁芳，水渗透着芳香之意。

"绕堤"一联重在写水。上联写水之"色"，水光澄碧，好像从绕堤的柳树那里借来了翠绿。下联写水之"香"：水香怡人，好像从隔岸的鲜花那里分得了沁人心脾的香味。这副对联虽写水而不着"水"字，"三篙"喻溪水之深，"一脉"喻溪水之长，"堤"和"岸"则藏"水"于其中。"柳借""花分"将柳和花拟人化，不落俗套。

"有凤来仪"就是后来的"潇湘馆"。宝玉认为这将是元春第一处行幸之处，必须颂圣。凤凰是食竹实的仙鸟，又是后妃的象征，这一匾额符合"颂圣"要求。

这里被千百竿翠竹遮映，最显著的特点是"绿"和"凉"。宝玉的对联正紧扣这两点：茶已喝完，煮茶的宝鼎仍然飘着绿烟；幽静的窗下，棋已经下完，但手指上凉意犹存。茶闲烟绿，棋罢指凉，都是因为翠竹遮映，但宝玉在对联中并不明言竹。脂砚斋对此联的点评为"尚绿犹凉"，四字便如置身于森森万竿竹子之中。这里后为黛玉所住，所以"凤"和"竹"也是用来称赞黛玉的不俗和清高。

原 文

43.杏帘在望

贾宝玉

新涨①绿添浣葛②处，
好云香护采芹人③。

44.蘅芷清芬

贾宝玉

吟成豆蔻④才犹艳，
睡足荼蘼⑤梦亦香。

【注释】

① 新涨：新涨的春水。② 浣葛：洗涤葛布，这里借以称颂妇德。③ 采芹人：比喻读书人。④ 豆蔻：春天开花，花初生时，卷于嫩叶中，常用以喻十三岁少女。⑤ 荼蘼（tú mí）：蔷薇科植物，春末开白花，香气馥郁。

【赏析】

大观园中有一处人造的田野山庄，其中"有几百株杏花，如喷火蒸霞一般"，贾政命做一酒幌挂在枝头。宝玉借旧诗中的"红杏梢头挂酒旗"把山庄题作"杏帘在望"，又因古诗中有"柴门临水稻花香"，故将村庄命名为稻香村。

"新涨绿添浣葛处"一句写山庄景色：春天来临，春水荡漾，漫过了洗涤葛布的地方。民间有习俗，妇女回娘家前总要把葛布衣洗涤干净，在此"浣葛"喻元春回府省亲，有颂圣之意。下联写"如喷火蒸霞一般"的杏花香气四溢，围护着水畔采芹人。此句暗喻元春为贵妃，如祥云般庇护着贾府。

"蘅芷清芬"即"蘅芜苑"，其中多异香异气的异草。这一联首句说吟成像杜牧那样的豆蔻诗后（杜诗"豆蔻梢头二月初"），才思依旧旺盛；在荼蘼架下睡觉梦也香甜。蘅芜苑后为宝钗居住处，所以这一联是在写宝钗的多才、香艳。蘅芜苑不种花而种异草，符合宝钗"不爱花儿粉儿"的特点。另外，宝钗服用"冷香丸"，也与蘅芜苑的异香弥漫相吻合。

45. 世外仙源

林黛玉

名园筑何处，
仙境别红尘。
借得山川秀①，
添来景物新。
香融金谷酒②，
花媚玉堂人③。
何幸邀恩宠，
宫车过往频。

【注释】

① 借得山川秀：诗从山川中借得秀丽。唐代张说到岳州后，诗写得更好了，人谓得江山助。② 金谷酒：晋代石崇有金谷园，常与宾客游宴其中，命赋诗，不能者则罚酒三斗。这里指大观园开宴赋诗。③ 玉堂人：指元春。玉堂，嫔妃所居之处。

【赏析】

这首诗出自《红楼梦》第十七回至十八回《大观园试才题对额　荣国府归省庆元宵》。元春省亲时游幸大观园，命众姊妹及宝玉题咏。这一首是黛玉所作。首联以问答形式来赞叹大观园美如仙境，呼应了匾额的"世外仙源"四字。颔联首句借张说典故进一步赞叹大观园，次句写贵妃归省增添了园内的新景物。园景助诗才，贵妃增园景，层层递进。颈联首句一语双关：鼎内焚香的香气和宴席上的酒香，"金谷酒"又喻开宴赋诗。"花媚玉堂人"一句则体现了元妃的尊贵，连花儿也向其献妩媚之态。"香""花"二字点出园内"香烟缭绕，花彩缤纷"的景象。尾联表达了她对能够参加归省盛事感到荣幸。

这首诗用典巧妙，对仗工整，虽是应制之作，却也展露了林黛玉作诗新颖别致、风流灵巧的特点。

原 文

46.怡红快绿

贾宝玉

深庭长日静，
两两①出婵娟②。
绿蜡③春犹卷，
红妆④夜未眠。
凭栏垂绛袖⑤，
倚石护青烟⑥。
对立东风里，
主人应解怜。

【注释】

① 两两：指芭蕉与海棠。② 婵娟：美好的样子。③ 绿蜡：翠烛，比喻卷着叶子的芭蕉。④ 红妆：比喻海棠。苏轼《海棠诗》："只恐夜深花睡去，故烧高烛照红妆。"⑤ 绛袖：喻海棠。刘说在《欧园海棠诗》中道："玉肤柔薄绛袖寒。"⑥ 青烟：指芭蕉。古人多以云烟或烟雨喻芭蕉，如"当空炎日障，椅槛碧云流"（徐茂吴《芭蕉》）；"风流不把花为主。多情管定烟和雨"（张镃《菩萨蛮·芭蕉》）。

【赏析】

这首诗是宝玉奉元春命题咏怡红院。宝玉说："此处芭蕉海棠两植，其意暗蓄'红''绿'二字……有蕉无棠不可，有棠无蕉更不可。"宝玉这首诗就不偏不倚，句句不离芭蕉、海棠，让二者都有"着落"。首联"两两出婵娟"点明芭蕉、海棠两种植物。颔联首句写芭蕉叶子尚未舒展，次句借苏轼《海棠》诗以花喻人，写怡红院内人未眠。这两句明点"红""绿"。颈联先写海棠凭栏而立，后写芭蕉倚石而植。这两句以"绛袖""青烟"暗喻"红""绿"在内。尾联以芭蕉、海棠对立，主人怜惜呼应首联。

【注释】

① 菱荇（xìng）：菱角，荇菜。② 饥馁（něi）：饥饿。

【赏析】

元妃为试宝玉之才，点了她最喜欢的"潇湘馆""蘅芜苑""怡红院"和"浣葛山庄"四处令宝玉题咏。黛玉见宝玉构思甚苦，于是代宝玉创作了这首"杏帘在望"。

此诗从"客"的视角描绘了一幅清新自然的田园画。红杏枝头，酒旗飘飘；杏花如火，山庄清幽；鹅儿戏水，燕子穿梭；春韭绿意盎然，稻花香飘十里。闲逸的风景让人不禁感叹：太平盛世，人人安乐，又何必忙忙碌碌地耕织呢？

这首诗的写作技巧很值得称道。题目"杏帘在望"四字自然巧妙地嵌在首联两句。颔联两句全部用名词：菱荇、鹅儿、水、桑榆、燕子、梁，呈现出来的却是一个欢快的动感画面。颈联两句如同诗人面对田间风景信手拈来，现成而自然。

元春对此诗大加赞赏，将山庄定名为"稻香村"。

原　文

47. 杏帘在望

林黛玉

杏帘招客饮，
在望有山庄。
菱荇①鹅儿水，
桑榆燕子梁。
一畦春韭绿，
十里稻花香。
盛世无饥馁②，
何须耕织忙。

原 文

48. 贾政灯谜

贾政

身自端方，
体自坚硬。
虽不能言，
有言必应。

【赏析】

在《红楼梦》第二十二回《听曲文宝玉悟禅机　制灯谜贾政悲谶语》中，元妃从宫中送出一个灯谜让大家猜。贾母见元春这般有兴致，非常高兴，于是命众人做了灯谜贴在围屏灯上，让大家猜谜。

书中的灯谜和诗词、对联一样都有谶语性质。每个人写的灯谜都暗示了他们各自的命运。

这首灯谜的谜底是砚台，是贾政的性格写照。贾政像砚台一样既"端方"，又坚硬。他自幼好读书，端正方直，谦恭厚道，不好俗务，常和门客相公清谈。这和他那贪婪好色的哥哥贾赦比起来，贾政堪称正人君子。他深受儒家思想熏陶，是封建正统的坚定维护者。他对贾宝玉的离经叛道深恶痛绝，从不给他好脸色，对宝玉严厉到了苛刻的地步。宝玉一听"老爷叫宝玉"，便百般恐惧。

"口不能言，有言必应"是砚台的特点。在此"必"谐音"笔"，"言"谐音"验"。表面上说砚台不能言语，若有言语需借用笔方能"验"。实则这两句暗喻诸人所作灯谜中的谶言，将来必定应验。在场诸人对各自的灯谜所蕴含的不祥之兆毫无知觉，然而贾政在看了诸姊妹的灯谜后，预感到诸姊妹"皆非永远福寿之辈"，但在诸人面前，尤其是贾母跟前，他却有口难言，只能自己低头沉思，大有悲戚之状。所以此回目有"制灯谜贾政悲谶语"之句。而贾政当日的预感和担忧他日——应验，是为"有言必应"。

【注释】

① 身如束帛：形容爆竹像一束卷起来的绢帛，在此又用来形容女子的美好身材。② 气：声气，气势。在此以爆竹的气势比喻元春晋封后的烜赫。

【赏析】

这首灯谜的谜底是爆竹，暗喻了元春的命运如同爆竹，虽然显赫一时，却转瞬即逝。

爆竹是人们用来驱逐妖魔鬼怪的东西，所以它"能使妖魔胆尽摧"。这里的"妖魔"是指贾府的政治对立面。元春晋封为贵妃后，贾府成为皇亲国戚，声势达到了顶峰。元春也身价百倍，回府省亲的气势和排场令人艳羡。这些自然会使贾府的政治对头"胆尽摧"。然而，这一切不过是"瞬息的繁华，一时的欢乐"，转眼间元春就在"虎兕相逢"之时"大梦归"了，贾府也迅速败落，炙手可热的声威、富贵就如同爆竹一样转瞬间灰飞烟灭了。

在《恨无常》中，元春托梦劝父亲"须要退步抽身早"，这说明元春的死和政治斗争失利密切相关。脂砚斋说元春之死是"通部书之大过节、大关键"，只可惜高鹗续书并无体现，只是说元春因"圣眷隆重，身体发福"，"偶感风寒"，不治而逝。

原　文

49. 元春灯谜

贾元春

能使妖魔胆尽摧，
身如束帛①气②如雷。
一声震得人方恐，
回首相看已化灰。

原 文

50. 迎春灯谜

贾迎春

天运人功理不穷,

有功无运也难逢。

因何镇日纷纷乱,

只为阴阳数不同。

【赏析】

这首灯谜的谜底是算盘,隐喻了迎春误嫁中山狼,受尽凌辱,最终被折磨致死的悲惨遭遇。

前两句写迎春婚配的"天运"与"人功"。要想用算盘算出数字,需要靠人的手指去操作,但两个珠子是合还是离,在没有计算出结果前,谁也不知道。所以算盘算出的结果既需要人的拨弄,又不以人的意志为转移,不是人所能预知的——是谓"天运人功理不穷"。贾赦为迎春选择孙绍祖,是因其"相貌魁梧,身体健壮,弓马娴熟,应酬权变",且"家资饶富",看似"人品家当都相称合"。贾赦择婿的"人功"似乎不错,可"天运"如何呢?"有功无运也难逢",迎春的婚姻有贾赦的"人功"操弄,却无"天运"的眷顾。孙绍祖是"中山狼,无情兽",全然不顾贾府当年对其祖上的恩情,视迎春如"蒲柳",迎春所嫁不得其人,所以说是"难逢"。

最后两句是借算珠被拨动乱如麻,来描摹迎春婚后的纷乱生活和她对自己不幸婚姻的无奈。自迎春嫁入孙府,未得一日安宁,孙绍祖好色、好赌、酗酒,且不容迎春劝诫,对她非打即骂,更明言贾赦用了他五千两银子,把迎春折卖给了孙绍祖。贾赦的贪婪无耻在此暴露无遗,他那貌似不错的"人功"也露出了真面目。迎春婚后不到一年便含恨去世,而她对自己婚姻的不幸并没有找到根本原因,只能无奈地将其归结为阴阳向背、命数不同。

【注释】

① 仰面：指抬头看风筝。② 妆点：指风筝点缀清明时节，又隐喻女子的梳妆打扮。③ 游丝：本指春天昆虫吐出的飘荡在空中的飞丝，这里指放风筝的线。④ 浑：全。

【赏析】

这首灯谜诗的谜底是风筝。风筝是探春命运的象征，书中数次提及：在第五回里，她判词前的配画上画着两个人放风筝；在第七十回中，探春的凤凰风筝与另一个凤凰风筝缠在一起，后又被一个喜字风筝缠住，三个风筝一起远去。

灯谜首句是写放风筝时人们仰面看飘荡在空中的风筝，暗喻着探春远嫁时，贾府亲人们目送她渐行渐远。这一句与判词中"清明涕送江边望"同义。第二句写清明时节是放风筝的最好时光，预示着探春是在清明时节远嫁，与"清明涕送"相吻合。

灯谜最后两句是说探春将如断线的风筝一样一去不复返。在第六十三回里，群芳开夜宴时，大家抽签占花名，探春抽到的是杏花，签上诗云"日边红杏倚云栽"。大家笑道："我们家已经有了一个王妃，难道你也是王妃不成。""凤凰风筝"和"日边红杏"都预示着探春将成为王妃，但种种迹象表明她嫁的绝不是域内某位王爷，否则她的判词、《分骨肉》曲子、灯谜等都不会充满哀怨。她的远嫁极可能类似王昭君的和亲性质，她将和王昭君一样一去不复返，所以才会有"游丝一断浑无力，莫向东风怨别离""千里东风一梦遥""恐哭损残年""万里寒云雁阵迟"等充满幽怨的句子。

原 文

51. 探春灯谜

贾探春

阶下儿童仰面①时，
清明妆点②最堪宜。
游丝③一断浑④无力，
莫向东风怨别离。

原　文

52. 惜春灯谜

贾惜春

前身色相总无成①，
不听菱歌②听佛经。
莫道此生沉黑海，
性中自有大光明③。

【注释】

①　前身色相总无成：前世因迷恋尘世色相，未能修成正果。色相，佛教用语，一切有形质、颜色、相貌可见的东西，都叫色相，后来指女子的音容笑貌。②　不听菱歌：看破红尘之意。菱歌，乐府诗中的菱歌莲曲多唱男女爱情。③　性中自有大光明：海灯看似暗淡，但其中自有光明存在。

【赏析】

这首灯谜的谜底是佛前海灯，即寺庙里佛前点的长明灯，暗示了惜春将出家为尼的命运。

贾府四艳中，惜春是唯一一位出自宁国府的小姐。但宁国府从未给她丝毫的温暖：母亲早逝，父亲住在道观，哥哥"一味高乐"。畸形的家庭生活使她性情"孤介"（孤高耿介，不喜与世俗人交往）。在前八十回里，惜春很少主动去探春、迎春、宝钗、黛玉处闲聊，倒常见她与进府来的小尼姑玩耍，这也是为她的出家埋下伏笔。

作者对她的命运充满了同情和悲悯，叹其"不听菱歌听佛经"，怜其"沉黑海"，而所谓的"大光明"也不过是自欺欺人的自我安慰罢了。

【注释】

① 琴边衾里：指弹琴时燃的鼎炉香以及熏被褥、衣服的香，比喻琴瑟和谐的夫妻生活。② 晓筹：清晨时刻。③ 鸡人：古代宫中专职司晨报晓的卫士。④ 五夜：五更。古代计时，将一夜分为五个更次。⑤ 焦首：香是从头上点燃，所以是"焦首"，比喻人的烦恼。⑥ 煎心：比喻人苦恼忧煎的生活。⑦ 荏苒（rěn rǎn）：时光渐渐流逝。

【赏析】

这首灯谜诗的谜底是更香。更香是古时为夜间打更制造的一种线香，每燃完一支恰是一更。

"朝罢谁携两袖烟"一句化自杜甫的"朝罢香烟携满袖"，藏"香"字。"琴边衾里总无缘"一句则点明此香和弹琴时点的鼎炉香以及熏被褥的香无关。这一联暗喻了宝钗虽然嫁给了宝玉，但在一场欢喜之后，一切成空，她和宝玉始终无缘于琴瑟和谐的婚姻生活。颔联两句写更香的特点，点"更"字。更香只要点上就可以自然计时，不需要"鸡人"报时，也不像炉香那样还需要侍女不时地添加香料。这一联暗喻了宝钗因愁绪满怀而彻夜失眠。颈联说更香是天天、年年都要点燃的，比喻宝钗因婚姻不幸而日夜煎熬。尾联意为风雨变迁和更香无关，但时光流逝也会消耗更香，所以要珍惜。这两句是以同情的口吻劝慰宝钗要珍惜光阴，对生活中的是是非非、风风雨雨不要挂在心上。

原　文

53.宝钗灯谜

薛宝钗

朝罢谁携两袖烟，
琴边衾里①总无缘。
晓筹②不用鸡人③报，
五夜④无烦侍女添。
焦首⑤朝朝还暮暮，
煎心⑥日日复年年。
光阴荏苒⑦须当惜，
风雨阴晴任变迁。

原 文

54. 春夜即事

贾宝玉

霞绡云幄①任铺陈，
隔巷蟆更②听未真。
枕上轻寒窗外雨，
眼前春色梦中人。
盈盈烛泪因谁泣，
点点花愁为我嗔③。
自是小鬟④娇懒惯，
拥衾不耐笑言频。

【注释】

① 霞绡云幄（wò）：彩色丝衾，轻纱帷帐。② 蟆更：又叫虾蟆更。古时夜里有专人打梆子报时，虾蟆更大作时意味着天将黎明。③ 嗔（chēn）：生气。④ 小鬟：年纪小的丫头。

【赏析】

这首诗出自《红楼梦》第二十三回《西厢记妙词通戏语　牡丹亭艳曲警芳心》。元春省亲后，为了不使大观园景致寥落，命贾宝玉及姊妹们进大观园居住。贾宝玉住进大观园后十分快意，写了春、夏、秋、冬四时即事诗，记录其在大观园里心满意足的生活。

这一首写怡红院内的春夜生活。首联写景，一实一虚，一近一远。实而近的是灿如云霞的衾被和帷帐，虚而远的是隐约传来的虾蟆更声。眼中有物，耳中有声，这意味着人未睡。他在干什么呢？颔联很自然地转写室内人。原来是透过纱窗的轻微寒气和窗外滴答的雨声让他从梦中醒来。雨声轻灵，微寒清爽，衾帐如霞，这浓浓春意让他想起了梦中之人。梦中人是谁？自然是爱哭泣、多愁易嗔的林黛玉。颈联"盈盈烛泪因谁泣，点点花愁为我嗔"两句是对林黛玉的写照。尾联又回到眼前的人和事。小丫头们娇懒惯了，虽然天已破晓，她们却不起身劳作，只是嬉笑玩闹，让尚在惦念梦中人的贾宝玉只好拥衾蒙头以绝喧哗了。

【注释】

① 幽梦：形容睡得很熟。② 麝月：明月。③ 霭（ǎi）：烟雾，云气。④ 檀云：香云，香雾。⑤ 琥珀：黄褐色透明松脂化石，可做器皿饰物。⑥ 玻璃：一种石英类透明晶体，不同于现在的玻璃。⑦ 齐纨：齐地产的白细绢，这里指绢扇。

【赏析】

这首《夏夜即事》着意描绘了怡红院内舒适安闲的夏日生活，侧面反映了贵族之家的气派。

首联便是一派闲逸的贵族气象：室内佳人沉睡，廊下鹦鹉唤茶。颔联和颈联进一步渲染：女孩儿们用的镜子是"宫镜"，打开时好似明月照窗；炉内点的香是"御香"，燃起时如同香云缭绕；夏天是炎热的，但琥珀杯内倒出的水如同荷叶清露；风儿穿柳拂槛送来丝丝凉意。尾联以人收结：水边亭上纳凉的人挥动着绢扇；楼上珠帘卷起，女孩儿们都卸了晚妆。

这首诗内的麝月、檀云、琥珀、玻璃既代表了富贵之家日用品的奢华，同时又是贾府四个丫鬟的名字。将人名嵌入诗内也是本诗的一大特点。

原 文

55. 夏夜即事

贾宝玉

倦绣佳人幽梦①长，
金笼鹦鹉唤茶汤。
窗明麝月②开宫镜，
室霭③檀云④品御香。
琥珀⑤杯倾荷露滑，
玻璃⑥槛纳柳风凉。
水亭处处齐纨⑦动，
帘卷朱楼罢晚妆。

原　文

56. 秋夜即事

贾宝玉

绛芸轩①里绝喧哗，

桂魄②流光浸茜纱③。

苔锁石纹④容睡鹤，

井飘桐露湿栖鸦。

抱衾婢至舒金凤⑤，

倚槛人归落翠花⑥。

静夜不眠因酒渴⑦，

沉烟⑧重拨索⑨烹茶。

【注释】

① 绛芸轩：宝玉的住室名。② 桂魄：月亮。③ 茜纱：窗纱。④ 苔锁石纹：石上裂纹盖满青苔。⑤ 舒金凤：舒展开有金凤图案的被褥。⑥ 落翠花：摘下翡翠镶嵌的簪花。⑦ 酒渴：酒后口渴。⑧ 沉烟：将熄灭的炉火。⑨ 索：索要。

【赏析】

这一首写了怡红院内秋夜宁静，主人酒后难眠，于是重拨炉火，烹煮香茶。整首诗充满恬静、淡雅的气息。

前两联写夜之静。夜幕降临，绛云轩里安静下来，月光如水浸润着窗纱。仙鹤在布满苍苔的石上正睡得舒适，天井里桐叶飘落，露水打湿了栖息的乌鸦。好一幅安详宁静的秋夜图！

后两联写人之动。丫鬟抱着有金凤图案的被褥来铺展开，倚槛望月的佳人回到房中，摘下镶嵌着翡翠的头饰准备就寝。这一联是虚写，是宝玉的想象。尾联实写自己：夜已深，但因酒后口渴难以入睡，于是让丫鬟拨弄将要熄灭的炉火烹煮香茶。

【注释】

① 锦罽鹴（jì shuāng）衾：织出锦花的毛毯和羽绒被褥。② 梨花：指雪。③ 试茗：品茶。

【赏析】

这首诗前六句尽言冬夜之冷，最后两句写侍儿扫雪品茗，使人寒意顿消，生活情趣跃然纸上。

首联和颔联写景，抓住了具有代表性的梅、竹、松、鹤、雪来渲染冬夜的寒冷。梅竹入梦，夜已三更，但人却因天气寒冷难以入眠。清冷的庭中，只有仙鹤立在不畏寒冷的松树影中。雪花满地，耳边已听不到春夏间热闹的莺声燕语。

颈联和尾联写人。颈联写人的感受。天气如此寒冷，穿着翠袖衣衫的女子连吟诗的情怀都冷却了，公子穿着貂裘却依然觉得酒力不足以御寒。尾联写人的情趣。虽然天气寒冷，可喜的是侍儿有品茗的雅兴，把刚刚下的雪扫来烹煮香茶。

四首即事诗极言日用之奢华：霞绡云幄、官镜、御香、琥珀杯、玻璃槛、锦罽鹴衾等，并且反复提及茶酒：鹦鹉唤茶、酒渴索茶、酒力轻、扫雪烹茶等，既描写了宝玉当时的富贵，更是借此反衬宝玉他日的落魄。根据脂砚斋的批语，宝玉后来落到了"寒冬噎酸齑，雪夜围破毡"的窘境。

57. 冬夜即事

贾宝玉

梅魂竹梦已三更，
锦罽鹴衾①睡未成。
松影一庭惟见鹤，
梨花②满地不闻莺。
女儿翠袖诗怀冷，
公子金貂酒力轻。
却喜侍儿知试茗③，
扫将新雪及时烹。

原 文

58. 葬花吟（节选一）

林黛玉

花谢花飞花满天，

红消香断有谁怜？

游丝软系飘春榭，

落絮轻沾扑绣帘。

闺中女儿惜春暮，

愁绪满怀无释处。

手把花锄出绣闺，

忍踏落花来复去。

【赏析】

《葬花吟》出自《红楼梦》第二十七回，原回目是《滴翠亭杨妃戏彩蝶　埋香冢飞燕泣残红》。林黛玉是曹雪芹笔下的"世外仙姝""阆苑仙葩"。她姿容绝世、才华横溢、坚贞纯情。孤苦的身世、寄人篱下的生活又使她多愁善感、敏而多虑、孤傲不阿。《葬花吟》是林黛玉借伤春惜花来感怀自身的不幸，控诉现实对她的逼迫，哀叹自由幸福的不可得，表达她不甘受辱、不屈服的坚贞。整首诗哀婉凄恻，同时也充溢着对"风刀霜剑"的愤懑不平和宁为玉碎、不为瓦全的刚烈。

这一部分描写的是暮春景象以及"闺中女儿"的惜春之情。春残了，花败了，风儿吹过，花落成雨。娇媚的颜色褪了，怡人的香气逝了，此时的花儿还有谁怜惜？柔软的蛛丝儿飘荡在暮春的台榭前，飘零的柳絮扑进了绣帘。绣帘中的人惋惜春天将逝，满怀的愁绪无处可诉。手里拿起了花锄准备去把落花埋葬，可又怎忍心践踏着落花来来去去。

花是女性的象征，《红楼梦》中更是以不同的花喻不同的人，如以牡丹喻宝钗，以芙蓉喻黛玉，以杏花喻探春等。在第二十七回中，黛玉葬花正是花神退位，为百花践行的日子。"埋香冢飞燕泣残红"的寓意十分明显是作者借黛玉葬花哀叹、痛惜诸女子的不幸命运，也呼应了第五回里太虚幻境中的"千红一窟（哭）"和"万艳同杯（悲）"。

原 文

59. 葬花吟（节选二）

林黛玉

柳丝榆荚自芳菲，

不管桃飘与李飞。

桃李明年能再发，

明年闺中知有谁？

三月香巢已垒成，

梁间燕子太无情！

明年花发虽可啄，

却不道人去梁空巢也倾。

一年三百六十日，

风刀霜剑严相逼。

明媚鲜妍能几时，

一朝飘泊难寻觅。

【赏析】

这一部分写花的境遇。柳丝和榆荚只在枝头显耀自己的芳菲，对桃李的飘零不管不顾。来年桃李能够再度开放，可是来年闺中有谁呢？房梁上散发着花香的香巢已经垒成，这无情的燕子糟蹋了多少鲜花啊。明年花开，你依旧可以叼花垒巢，可是房中惜花人去了，旧巢倾覆了，房梁也空了。一年当中，朔风如刀，寒霜如剑，对娇弱的鲜花日日相逼。花儿的鲜艳妩媚能有几时？一旦被吹落风中，便再也无从寻觅。

在此，黛玉以"柳丝"和"榆荚"的"自芳菲"来表达对世态炎凉和人情冷暖的愤懑。"风刀霜剑严相逼"一句则指生存环境的严酷。王夫人先是逼死了金钏，又抄检大观园，驱逐了晴雯等人，对同为客居贾府的亲戚，宝钗的住处是抄不得的，而黛玉却被抄检……大观园并不是黛玉及诸女子的世外桃源。而当家族的厄运来临时，贾府如"春梦随云散"，诸女子也如"飞花逐水流"，无处可寻了。

原 文

60. 葬花吟（节选三）

林黛玉

花开易见落难寻，
阶前闷杀葬花人。
独倚花锄泪暗洒，
洒上空枝见血痕。
杜鹃无语正黄昏，
荷锄归去掩重门。
青灯照壁人初睡，
冷雨敲窗被未温。
怪奴底事①倍伤神，
半为怜春半恼春：
怜春忽至恼忽去，
至又无言去不闻。
昨宵庭外悲歌发，
知是花魂与鸟魂？
花魂鸟魂总难留，
鸟自无言花自羞。

【注释】

①底事：什么事。

【赏析】

这一部分是写葬花人的伤悲，可谓字字血，句句泪，哀婉欲绝。诗先写人之血泪：花落难寻，葬花人泪洒空枝，空枝上血痕斑斑。黄昏里，杜鹃无语，葬花人黯然而归，紧闭重门。再写人之凄凉：黑夜里，青灯照壁，冷雨敲窗，被寒未温。又写世事无常：通过自问自答，写春天忽来忽去，来时无言，去时无语，令人神伤。最后写悲歌：昨晚庭外不知是花之精魂，还是鸟之精魂在放声悲歌？花也罢，鸟也罢，这些美丽的生命总是瞬息凋零，难以挽留——人又何尝不是如此呢！

原　文

61. 葬花吟（节选四）

林黛玉

愿奴胁下生双翼，

随花飞到天尽头。

天尽头，何处有香丘？

未若锦囊收艳骨，

一抔净土①掩风流。

质本洁来还洁去，

强于污淖②陷渠沟。

【注释】

① 一抔（póu）净土：指坟墓。一抔，一捧。② 污淖（nào）：污泥，烂泥。

【赏析】

这一部分写黛玉的美好心愿及宁死不辱的坚贞之志。

黛玉虽是贾母心尖上的人，更有宝玉对她无微不至的爱，可是贾母和宝玉毕竟不能为她遮挡住全部的风雨，加上她敏感多虑、不肯随波逐流的性格，决定了她时时能感受到"风刀霜剑"的逼迫。于是有丰富想象力的她幻想着自己能像鸟儿一样生出双翼，随着美丽的花儿飞到天尽头，从此摆脱令人窒息的桎梏。可是，天尽头又哪里找得到埋葬香花的坟丘。人间并无净土，无处可逃啊！"天尽头，何处有香丘？"这一问何其悲愤！何其无奈！

接着，弱不禁风的黛玉表现出了刚烈、悲壮的一面：就用这锦绣花囊盛着你娇艳的尸骨，用一捧净土掩埋你绝代的风流；你冰清玉洁，就干净地来，干净地去吧，总胜过掉入渠沟，陷入污泥中。

芙蓉花（即荷花）是黛玉的象征，而"质本洁来还洁去，强于污淖陷渠沟"正是芙蓉"出淤泥而不染"的真实写照。

原　文

62. 葬花吟（节选五）

林黛玉

尔今死去侬①收葬，

未卜侬身何日丧？

侬今葬花人笑痴，

他年葬侬知是谁？

试看春残花渐落，

便是红颜老死时。

一朝春尽红颜老，

花落人亡两不知！

【注释】

① 侬：我。

【赏析】

这一部分哀叹后事之未卜：花儿谢了我来收葬，但不知我将于何时离去？今天我埋葬落花，人人笑我痴傻，可将来会是谁把我埋葬？眼看着春色凋残，花儿飘落，人也一天天老去，日趋死亡。一旦春天消逝，红颜老去，到那时，花儿落了，人也死去，又有谁再来怜惜、埋葬这些落花呢？

《葬花吟》是塑造林黛玉形象的重要篇章，曹雪芹借这首诗把黛玉无人能及的才华、内心深处的孤独脆弱、卓尔不群的叛逆性格、不甘同流合污的寂寞心境、宁死不屈的悲壮，以及前途未卜的无奈刻画得淋漓尽致，动人心魄。

《葬花吟》还通常被认为是黛玉自作的诗谶。曹雪芹好友富察明义有诗云："伤心一首葬花词，似谶成真自不知。"这意味着《葬花吟》是对黛玉个人命运的暗示，如"他年葬侬知是谁"暗示了黛玉死时的寂寞凄凉；"一朝春尽红颜老"则暗示了黛玉将死于"花谢花飞花满天"的暮春时节。

【注释】

① 尺幅：一尺见方的织品。② 鲛绡：传说海中有鲛人（美人鱼），在海底织绡，她流出的眼泪会变成珠子。诗词中常以鲛绡指擦眼泪的手帕。③ 潸（shān）：流泪的样子。④ 湘江旧迹：代指泪痕。大舜南巡，死后葬于苍梧之野，两个妃子娥皇、女英恸哭，泪水洒在竹子上，竹子上产生斑点。⑤ 不识香痕渍也无：不知是否也沾上了泪痕？

【赏析】

《题帕三绝》出自《红楼梦》第三十四回《情中情因情感妹妹　错里错以错劝哥哥》。宝玉因为金钏、琪官被贾政毒打，因怕黛玉惦念，支开了袭人，命晴雯给黛玉去送两条半旧的手帕。黛玉领会其意，情难自禁，在手帕上题了三首诗。

在中国文学作品中，手帕素来被认为是传情的信物。明代冯梦龙编著的《山歌》中有歌曰："不写情词不写诗，一方素帕寄心知。心知拿了颠倒看，横也丝来竖也丝，这般心事有谁知！"

丝者，思也。宝玉被打，黛玉哭得"气噎喉堵"，"心中虽有万句言词，只是不能说得"。黛玉不能说的言词，宝玉岂有不知？第三十二回中，宝玉说："连你的意思若体贴不着，就难怪你天天为我生气了。"晚间他令晴雯给黛玉送帕，是知黛玉必为之悲伤流泪，而自己不能安慰，只能以帕代人为她拭泪。送去的是旧帕而非新帕，何也？宝黛二人自幼同桌吃，同床睡，青梅竹马。黛玉爱哭，宝玉不知为此陪了多少眼泪，焉知这旧帕上没有二人共同的

63. 题帕三绝

林黛玉

其一

眼空蓄泪泪空垂，

暗洒闲抛却为谁？

尺幅①鲛绡②劳解赠，

叫人焉得不伤悲！

其二

抛珠滚玉只偷潸③，

镇日无心镇日闲。

枕上袖边难拂拭，

任他点点与斑斑。

原 文

其三

彩线难收面上珠，
湘江旧迹④已模糊。
窗前亦有千竿竹，
不识香痕渍也无⑤？

眼泪？这旧帕上的情意又怎是新帕可比？更兼黛玉的"小性儿"来自"金玉良姻"之说，而宝玉曾为此解释说："亲不间疏，先不僭后。"旧帕是日常随身之物，是为"亲"，为"先"，新帕当然"疏"且"后"。

黛玉之泪，不仅是为自己而流，更多的时候是为宝玉而流。宝玉、黛玉二人思想上的高度一致性是宝钗不能比拟的。宝玉被打，宝钗探视，其所思所说是"堂皇正大"的。黛玉则抽噎半日，方说："你从此可都改了罢！"脂砚斋评说："心血淋漓，酿成此数字。"黛玉的这一句不是劝导，而是悲愤的违心之语。所以宝玉长叹："就便为这些人死了，也是情愿的！"此话宝玉是万万不会对宝钗说的，因为宝钗视宝玉和这些人交往为"不正"。

题帕三绝，句句不离眼泪，"暗洒闲抛却为谁"，答案自明。在第三首中，黛玉以娥皇、女英自喻，意味着贾府败后，宝玉或远走避祸，或被关狱中，黛玉为之"抛珠滚玉"，泪洒窗前千竿竹。昔日娥皇、女英投水湘江，为大舜殉情，后人称她们为"潇湘妃子"。而林黛玉住在"潇湘馆"，别号"潇湘妃子"，在此又以娥皇、女英自喻，这些都强烈地暗示她的结局将类同娥皇、女英。

原　文

64. 咏白海棠

薛宝钗

珍重芳姿昼掩门，
自携手瓮①灌苔盆。
胭脂洗出秋阶影，
冰雪招来露砌②魂。
淡极始知花更艳，
愁多焉得玉无痕。
欲偿白帝③凭清洁，
不语婷婷日又昏。

【注释】

①　瓮（wèng）：可提携的盛水的陶器。
②　露砌：带露水的台阶的边缘。③　白帝：古代神话中西方之神，管辖秋事。故常以白帝指代秋天。

【赏析】

在《红楼梦》第三十七回《秋爽斋偶结海棠社　蘅芜苑夜拟菊花题》中，诸姊妹在探春的倡议下结成了"海棠诗社"。白海棠是她们第一次吟咏的对象。

这一首是宝钗对自己的真实写照。她淡雅娴静，不爱胭脂花粉，薛家的官花都送给了贾府诸人。她端庄自重，因母亲说她的金锁要等遇见有玉之人方可结为婚姻，于是"总远着宝玉"。王夫人抄检大观园，她立刻搬离避嫌。这些都是她"珍重芳姿"的表现，也是"胭脂"二句的注解。她总是淡淡的，被称作"冷美人"，可这反而使她"比林黛玉另具一种妩媚风流"。占花名时她掣到的签子是"艳冠群芳"的牡丹，上写着"任是无情也动人"，不正是"淡极始知花更艳"的翻版吗？她安分，不像宝玉、黛玉那么多愁善感，所以又怎会留下"瘢痕"呢？"清洁"是宝钗对自己的自信，更是她对自己的要求。她美丽端庄，默默不语，淡然地迎接一个又一个的黄昏，也淡然地面对自己的命运。

原　文

65. 咏白海棠

林黛玉

半卷湘帘①半掩门，

碾冰为土玉为盆。

偷来梨蕊三分白，

借得梅花一缕魂。

月窟②仙人缝缟袂③，

秋闺怨女拭啼痕。

娇羞默默同谁诉，

倦倚西风夜已昏。

【注释】

① 湘帘：湘竹制成的门帘。② 月窟（kū）：月宫。③ 缟袂（gǎo mèi）：白绢做成的衣服。

【赏析】

在大观园里，宝钗和黛玉堪称"双峰对峙，二水分流"，一个美丽如牡丹，一个脱俗如芙蓉；一个凝重大方，一个风流飘洒；一个博学多识，一个才思敏捷。在诗社里，二人轮流夺冠，一个以"含蓄浑厚"取胜，一个以"风流别致"见长。

宝钗是恪守礼教的大家闺秀，所以她"珍重芳姿昼掩门"；而黛玉是绛珠仙子的化身，从不拘泥于世俗，总是率性而为，所以她"半卷湘帘半掩门"。白海棠高洁，只有以冰为土、以玉为盆才能与之相衬，它的美兼具梨蕊之白和梅花之魂；她如同月宫仙子穿着自己缝制的素衣，飘然云间，一尘不染。花蕊中晶莹的露珠，又如同秋日闺中含怨少女的眼泪。满腹的心事向谁诉说？只能在瑟瑟的西风中，默默地送走一个又一个的黄昏，迎来一个又一个的黑夜。

脂砚斋评宝钗的诗"温雅沉着"，黛玉的诗"逸才仙品"，很符合二人的身世来历、性格及诗作特点。

原　文

66.咏白海棠

贾宝玉

秋容①浅淡映重门，
七节攒成②雪满盆。
出浴太真③冰作影，
捧心西子④玉为魂。
晓风不散愁千点⑤，
宿雨⑥还添泪一痕。
独倚画栏如有意，
清砧怨笛⑦送黄昏。

【注释】

①　秋容：海棠素淡的姿容。②　七节攒（cuán）成：形容海棠枝节繁多，层层而生。③　出浴太真：唐玄宗赐杨贵妃（号太真）沐浴华清池，又曾以海棠喻杨贵妃的醉态。④　捧心西子：指西施的病态美。⑤　愁千点：喻花如含愁，以"千点"指花繁多。⑥　宿雨：经夜的雨。⑦　清砧（zhēn）怨笛：清冷的捣衣声和幽怨的笛声。指妇女思念丈夫的怨愁和悲伤。

【赏析】

宝玉一生都在宝钗和黛玉二人间纠结，他在这首诗中寄寓了他对宝钗和黛玉二人的态度。宝钗体态丰满，肌肤如雪，故以"太真出浴"喻之。她又是"冷美人"，吃的药都叫"冷香丸"，所以是"冰作影"。宝玉初会黛玉，就见她"病如西子胜三分"，而她又生性孤高，所以以"玉"喻其魂。"晓风不散愁千点，宿雨还添泪一痕"两句写黛玉爱哭，宝玉终日挂念，故总有散不开的"愁千点"。脂砚斋批语说"晓风不散愁千点"一句是宝玉"一生心事"。这正与"终不忘，世外仙姝寂寞林"呼应。尾联写的是宝钗在宝玉出家后独倚画栏凄凉寂寞，幽怨地度过一个又一个黄昏。

原 文

67.忆 菊

薛宝钗

怅望西风抱闷思，
蓼^①红苇^②白断肠时。
空篱旧圃秋无迹，
瘦月清霜梦有知^③。
念念心随归雁远，
寥寥^④坐听晚砧痴。
谁怜我为黄花病，
慰语重阳会有期。

【注释】

① 蓼（liǎo）：水蓼，夏秋之际开粉红花。
② 苇：芦苇，夏秋之际开白花。③ 知：见。
④ 寥寥：寂寞空虚的样子。

【赏析】

这首诗出自《红楼梦》第三十八回《林潇湘魁夺菊花诗　薛蘅芜讽和螃蟹咏》。史湘云做东"海棠诗社"，姐妹们在大观园宴饮赋诗，她和薛宝钗拟定了《忆菊》《访菊》等十二个题目。每个题目以人为主，以菊为宾，咏菊赋事双关。作诗时，每个人自选题目，不可与他人重复。

这首诗是宝钗所作，诗中突出了一个"忆"字。西风起，秋已至，爱菊之人在风中惆怅地思念菊花。水蓼花红了，芦苇花白了，可我思念菊花欲断肠。昔日的花圃里、篱笆旁都空荡荡的，没有菊花的踪迹，我只有在寂冷的夜里才会梦见它。大雁南飞了，我的心也随之远去了。寂寥地独自坐在黄昏里，我痴痴地听着捣衣的砧声回荡。谁能怜惜我为思念菊花生病呢？只能安慰自己：到重阳节就可以看到菊花了吧！

整首诗名忆菊而实忆人。"抱闷思""断肠时""秋无迹""梦有知""归雁远""晚砧痴"都暗喻了宝钗未来独居时的寂寞凄凉。

【注释】

① 淹留：滞留。② 秋：指菊花。③ 蜡屐（jī）：屐，有齿的木底鞋，古时多以登山用，鞋底打蜡可防湿耐用。④ 得得：特地，表示情致很高。⑤ 冷吟：在寒秋里吟诗。⑥ 诗客：诗人自指。⑦ 挂杖头：杖头挂钱，沽酒访菊。

【赏析】

　　史湘云、薛宝钗二人在拟定题目时，给十二个题目排了次序，编成一个菊谱：先是《忆菊》，忆而不得，故《访菊》；访后《种菊》；菊花开时《对菊》《供菊》；然后以菊入诗、入画，于是《咏菊》《画菊》；又欲知菊之妙处，于是《问菊》；菊花解语令人喜，于是《簪菊》；人事完毕后，再以《菊影》《菊梦》写菊之可咏之处，最后以《残菊》收结。

　　贾宝玉在这首诗中把诗人访菊的兴奋心情描写得淋漓尽致，非常符合他"富贵闲人"的形象。"霜晴"以天气的晴好喻访菊人的心情之好。"莫淹留"则把访菊人的急切之情跃然纸上。"谁家种""何处秋"是询问哪里有菊花，以问写"访"。"情得得""兴悠悠"把诗人高昂的兴致显露无遗。尾联则呼应首联，期盼菊花不辜负诗人杖头挂钱，沽酒访菊的热情。

原　文

68. 访　菊

贾宝玉

闲趁霜晴试一游，
酒杯药盏莫淹留①。
霜前月下谁家种，
槛外篱边何处秋②。
蜡屐③远来情得得④，
冷吟⑤不尽兴悠悠。
黄花若解怜诗客⑥，
休负今朝挂杖头⑦。

原 文

69. 种 菊

贾宝玉

携锄秋圃自移来，
篱畔庭前故故①栽。
昨夜不期经雨活，
今朝犹喜带霜开。
冷吟秋色②诗千首，
醉酹③寒香④酒一杯。
泉溉泥封⑤勤护惜，
好知⑥井径⑦绝尘埃。

【注释】

① 故故：特意。② 秋色：指菊花。
③ 酹（lèi）：洒酒祭奠。此处指对菊饮酒。
④ 寒香：指菊花。⑤ 泉溉泥封：用水浇灌，用土封培。⑥ 好知：须知。⑦ 井径：田间小路，指种菊处。

【赏析】

宝玉爱花、爱红、爱吃胭脂，花、红色、胭脂无不是女子的象征。在大观园里，宝玉如同一个护花使者，他对众女子一视同仁，无论其身份地位如何。这首《种菊》依然是咏菊赋事双关，一方面是借种菊体现他对女子的呵护，另一方面也表达了他厌恶仕途，崇尚自然恬静的生活。

首联"携锄""自移来""故故栽"点题。而"故故"二字体现了诗人对菊花的喜爱之情。颔联写诗人对菊花成活的惊喜，以及菊花傲霜盛开时的欢快。"不期"和"犹喜"使诗人的喜悦心情表露无遗。颈联写诗人对菊作诗饮酒，把诗人的喜悦之情推向高潮。"诗千首""酒一杯"出自杜甫的诗《不见》："敏捷诗千首，飘零酒一杯。"杜诗勾勒了李白诗酒飘零的浪漫诗人形象，而这里则是写诗人面对菊花盛开时饮酒赋诗的高昂兴致。尾联突出了诗人对菊花的"护惜"：用水浇灌，用土封培，远离尘世的喧闹。

原　文

70. 对　菊

史湘云

别圃①移来贵比金，
一丛浅淡一丛深。
萧疏②篱畔科头③坐，
清冷香④中抱膝吟。
数去更无君傲世，
看来惟有我知音。
秋光荏苒休辜负，
相对原宜惜寸阴⑤。

【注释】

①别圃：远处的花圃。②萧疏：萧条疏落的景象。③科头：不戴帽子，表示疏狂不羁。④清冷香：指菊花。⑤寸阴：极短的时间。

【赏析】

颜色或深或浅的菊花移自远处的花圃，所以在诗人眼中"贵比金"。秋天的篱笆旁已是萧条疏落，但诗人并不在意，她"科头"而坐，面对盛开的菊花抱膝长吟。在这里，史湘云把自己想象成一个男子，因为古时女子是不戴帽子的。颈联及尾联是诗人和菊花的对话：举目望去百花凋零，只有你不畏风寒，傲霜开放，而能够理解、欣赏你的傲骨，堪称你的知己的，舍我其谁呢？愿我们不要辜负这大好的金秋，珍惜这相对相守的短暂时光。

这首诗中的"科头坐""抱膝吟"和"数去"一联，勾画出史湘云疏狂不羁的性格特点。尾联两句则暗喻了史湘云婚后幸福生活的短暂。

原文

71.供 菊

史湘云

弹琴酌酒喜堪俦①，
几案婷婷点缀幽。
隔座香分三径露②，
抛书人对一枝秋。
霜清③纸帐④来新梦，
圃冷⑤斜阳忆旧游。
傲世也因同气味，
春风桃李⑥未淹留。

【注释】

① 俦：同伴，在此指做伴。② 三径露：与下文的"一枝秋"均指菊。三径，指栽菊的庭院。陶渊明《归去来辞》："三径就荒，松菊犹存。"③ 霜清：指菊花清雅。④ 纸帐：一种用藤皮茧纸缝制的帐子，以稀布为顶，取其透气。帐上常绘有梅花、蝴蝶等，情致清雅。⑤ 圃冷：菊圃清冷。⑥ 春风桃李：比喻追求世俗功利的人。

【赏析】

供菊，就是把菊花折来插入瓶中，放在室内玩赏。

首联点题并写人的喜悦之情。几案因为有菊花的点缀分外幽雅，而主人因为有了菊花的相伴无论是弹琴，还是饮酒都格外欢喜。颔联写菊之香和人对菊花的迷恋。隔着座位就能分辨出菊花的清香，主人把书抛在一边，专心与菊花相对。"抛书人对一枝秋"一句把主人对菊的爱恋描写得十分传神，黛玉评论此句说"将供菊说完，没处再说"。颈联首句意思是因室内供着菊花，在纸帐中做梦也别具新意。"圃冷斜阳忆旧游"一句回忆未供菊花前，在夕阳中游赏清冷的菊圃时的情景，以反衬现在供菊的喜悦。这就是林黛玉说的"背面傅粉"手法。尾联赞美菊花的高洁情操。主人和菊花气味相投，傲世而立，对世俗荣利不屑一顾。

【注释】

① 无赖：纠缠不舍。② 诗魔：诗人不可抑制的创作冲动。③ 欹（qī）：通"倚"。④ 沉音：即沉吟。⑤ 毫端：笔尖。⑥ 蕴秀：饱含隽逸的才思和华丽的辞藻。⑦ 噙香：口含菊花的清香。"香"兼喻丽辞佳句。⑧ 素怨：秋怨。⑨ 秋心：感秋情怀。⑩ 平章：即"评章"，品评文章。

【赏析】

这首《咏菊》名列十二首菊花诗之冠。林黛玉既歌颂、赞美了菊花的美丽、清香和高风亮节，同时她以菊花比拟自己。

首联写诗人作诗赞美菊花的创作状态。菊花盛开，诗人诗兴大发，如着魔般从早到晚绕着篱笆，倚着石头沉思低吟。诗人的着魔反衬了菊花的魅力。颔联写"着魔"的成果：以隽逸的才思和华丽的辞藻描写菊花迎霜盛开的秀姿，诗成后对着皎洁的月光反复吟咏，诗香和菊香弥漫在口齿间。颈联抒发诗人的情怀：满纸题写的尽是自怜自叹的哀怨，这份感伤谁能理解？这两句体现了林黛玉的多愁善感。尾联两句又回到咏菊的主题：自从陶渊明在诗中品评、赞美过菊花后，菊花的高风亮节千百年来传颂至今。

原　文

72. 咏　菊
林黛玉

无赖①诗魔②昏晓侵，
绕篱欹③石自沉音④。
毫端⑤蕴秀⑥临霜写，
口齿噙香⑦对月吟。
满纸自怜题素怨⑧，
片言谁解诉秋心⑨。
一从陶令平章⑩后，
千古高风说到今。

原 文

73. 画 菊

薛宝钗

诗馀戏笔不知狂，
岂是丹青①费较量②。
聚叶泼成千点墨③，
攒花染出几痕霜④。
淡浓神会⑤风前影，
跳脱⑥秋生腕底香。
莫认东篱闲采掇⑦，
粘屏聊⑧以慰重阳。

【注释】

① 丹青:绘画用的颜料,代指绘画。② 较量:斟酌构思。③ 聚叶泼成千点墨:聚叶,绘画术语,指画叶要有聚有散,疏密有致。泼墨是中国绘画的画法之一,笔力奔放,如同水墨泼在纸上。④ 攒花染出几痕霜:攒花,绘画术语,指花头画法。染,在花瓣上涂颜色。霜,指画上的菊花瓣。⑤ 神会:充分领会菊花的精神,再形之于画,即追求神似。⑥ 跳脱:手镯的别称,后引申为灵活生动。⑦ 采掇(duō):采摘。⑧ 聊:姑且。

【赏析】

这首《画菊》表现了宝钗善画的一面。首联说画菊乃吟诗之余乘兴而作,并非苦苦构思而成。颔联聚叶泼墨,攒花晕染,呈现了一个娴熟的画者形象。"千点墨"和"几痕霜"则形容菊叶的茂密和菊花的生动逼真。颈联写画成之后再仔细品评:由于充分领会了菊花在风中摇曳的姿态,所以腕底画出来的菊花浓淡有致,灵活生动,似乎散发出香气来。尾联提醒人们不要把它当成真的菊花去采摘,进一步渲染画之逼真。然后诗人把画贴在屏风上,以便重阳节时借观画代替赏菊。

虽然《红楼梦》中说惜春善画,但这首《画菊》及第四十二回中薛宝钗表现出来的绘画理论和绘画知识都远在惜春之上。另外,宝钗的诗(《忆菊》《画菊》及《螃蟹咏》)反复提及重阳,重阳对宝钗来说当是一个重要的日子,可惜高鹗续书没有体现出来。

原　文

74. 问　菊

林黛玉

欲讯秋情众莫知，
喃喃负手叩东篱①。
孤标②傲世偕③谁隐，
一样花开为底④迟？
圃露庭霜何寂寞，
鸿归蛩病⑤可相思？
休言举世无谈者，
解语⑥何妨片语时。

【注释】

① 喃喃负手叩东篱：负手，倒背着手若有所思的样子。叩，问。东篱，代指菊。② 孤标：孤高的品格、情操。③ 偕：同……一起。④ 为底：为何。⑤ 鸿归蛩（qióng）病：鸿雁南归，蟋蟀悲鸣。⑥ 解语：会说话，解人意。

【赏析】

李纨评林黛玉的诗《咏菊》第一，《问菊》第二，但这首《问菊》比《咏菊》更能代表她的清高孤傲，以及在风刀霜剑逼迫下的彷徨苦闷。

想要询问菊花的高尚情操，众人是不知道的，所以诗人只好背负着手徘徊在菊花旁，低声叩问。"众莫知"既写菊之孤，更喻诗人之孤。颔联写菊花的卓尔不群：你品格孤高想同谁一起归隐？一样是开花，你为什么要等到深秋才迟迟开放？颈联写菊花生存环境的恶劣：花圃里，庭院中，露重霜浓，百花凋零，你独立寒秋是否寂寞？大雁南归，蟋蟀悲鸣，孤单的你可否相思？这一联意同"风刀霜剑严相逼"，菊之孤苦正是人之孤苦。尾联呼应首联：不要因为"众莫知"就以为世上无可谈之人，如果你善解人意，和我聊一会儿又何妨呢？

原 文

75. 簪 菊
贾探春

瓶供篱栽日日忙，
折来休认镜中妆①。
长安公子因花癖②，
彭泽先生是酒狂③。
短鬓冷沾三径露④，
葛巾⑤香染九秋霜。
高情不入时人眼，
拍手凭他笑路旁。

【注释】

① 休认镜中妆：不要认为是妇女平常的对镜妆饰。② 长安公子因花癖：长安公子，指杜牧，因其祖父曾两朝为相，故称他为长安公子。其诗中有"尘世难逢开口笑，菊花须插满头归"之句，故称"花癖"。③ 彭泽先生是酒狂：彭泽先生指陶渊明，因其爱酒，所以称"酒狂"。④ 三径露：和下文的"九秋霜"均指菊花。⑤ 葛巾：葛布做的头巾。

【赏析】

簪菊，古时有重阳节采菊花插在头上的习俗。探春有才干，有志向，但庶出的身份是她抹不去的阴影，也使她格外自尊自爱，不容侵犯。而女儿之身，使她空有才干和志向却无用武之地。贾府的种种问题和矛盾令她痛心疾首，但生于末世的她却无能为力。诗中"长安公子""彭泽先生""短鬓""葛巾"都是她以男子自况。虽然这种手法在多首菊花诗中出现，但未必不是折射了她对自己不是男儿身的遗憾。尾联说自己的高雅情趣，世俗之人是看不入眼的，就任凭他们在路旁拍手讥笑吧。这既反映了她不肯随波逐流的清高，也是她日常自重身份而不肯向卑鄙小人低头的写照。

原　文

76.菊　影

史湘云

秋光^①叠叠复重重，
潜度偷移^②三径中。
窗隔疏灯描远近，
篱筛^③破月锁玲珑。
寒芳^④留照^⑤魂应驻，
霜印^⑥传神^⑦梦也空。
珍重暗香^⑧休踏碎，
凭谁醉眼认朦胧。

【注释】

①　秋光：指菊影。②　潜度偷移：菊影随日光悄悄移动。③　篱筛：竹篱好比筛子。④　寒芳：指菊。⑤　留照：留下影子。⑥　霜印：指菊影。⑦　传神：菊影表现出的菊花的精神。⑧　暗香：月夜菊影。

【赏析】

这首诗描绘了各种光照下的菊影。首联写日光下的菊影。"叠叠复重重"写菊影重叠，说明庭院里菊花多且茂盛，为后文的"远近"伏笔。"潜度偷移"是说时间在悄悄流逝，为写晚间菊影伏笔。颔联首句写灯光下的菊影。隔着窗户透出的稀疏灯光，在地上描绘出了远近不同的菊影。"篱筛破月锁玲珑"写月光下的菊影。篱笆如同筛子，使透过的月光在地上的影子碎成一片片，好似把菊花玲珑剔透的影子幽闭其中。颈联写菊影传神。寒夜里，菊花在地上留下的倩影美丽动人，花魂应当留驻其中吧。秋霜印染的菊影高雅清新，把菊花精神表现得如此传神，就像梦一样空幻不实。"魂应驻""梦也空"显然也暗喻了史湘云未来生活的不幸。尾联写对菊影之爱，反衬菊影之美。月夜菊影如此美丽，一定要珍惜，不要将其踏碎。要知道月光下的菊影朦胧，就像醉眼看花一样不易辨认啊。

原 文

77.菊 梦

林黛玉

篱畔秋酣①一觉清②，

和云伴月不分明③。

登仙非慕庄生蝶④，

忆旧还寻陶令⑤盟。

睡去依依⑥随雁断⑦，

惊回⑧故故⑨恼蛩鸣。

醒时幽怨同谁诉，

衰草寒烟无限情。

【注释】

① 酣：沉睡。② 清：清雅，清幽。③ 不分明：指菊花梦中迷离恍惚的境界。④ 庄生蝶：庄周在梦中变为蝴蝶，见于《庄子·齐物论》。⑤ 陶令：陶渊明。⑥ 依依：依恋不舍的样子。⑦ 雁断：飞雁远逝。⑧ 惊回：从梦中惊醒。⑨ 故故：屡屡。

【赏析】

《菊梦》是林黛玉所作，被李纨评为第三名。篱畔秋菊酣睡，梦境清幽。菊魂穿云度月，迷离恍惚。可是菊魂飘然若仙，并不是想学庄周化蝶，它是梦见昔日故交，因而去寻他重温旧盟。菊花随着大雁南归入梦，希望梦中能与大雁相随。可恼的是，蟋蟀的悲鸣屡屡把菊花从梦中惊回。醒来后那满腔的幽怨向谁诉说，满眼只有寒烟漠漠，衰草遍野。

这首诗借咏菊梦暗喻人事。"登仙"，宝钗、黛玉本就是来自仙界灵河畔的神瑛侍者和绛珠仙草。"忆旧还寻陶令盟"当然是寻"木石前盟"。"大雁南归"当指宝玉后来因故远离，黛玉只能和他梦中相会，却屡屡被"蛩鸣"惊醒。这满腹的幽怨自然无人可诉，一腔深情只能付诸寒烟衰草。《红楼梦》第二十六回，脂砚斋的批语说潇湘馆后来是"落叶萧萧，寒烟漠漠"，正与诗中的"寒烟衰草"相对应。

78. 残　菊

贾探春

露凝霜重渐倾欹[1]，
宴赏才过小雪[2]时。
蒂有馀香[3]金淡泊[4]，
枝无全叶翠离披[5]。
半床落月蛩声病，
万里寒云雁阵迟。
明岁秋风知再会，
暂时分手莫相思。

【注释】

① 倾欹：菊花衰残倾斜。② 小雪：二十四节气之一，在阴历十月。③ 馀香：菊花蒂上残留的花瓣。④ 金淡泊：指原本金黄色的菊花颜色已消褪。⑤ 翠离披：绿叶散乱的样子。

【赏析】

探春的诗作多与分离相关，这首《残菊》也不例外。

前两联写菊之衰残。重阳节人们还设宴赏菊，转眼间已秋露冷凝，霜华日重，菊花倾颓。花蒂上残花色减，菊叶零乱。"残菊"者，"残局"也。厄运来时，贾府荣华褪尽，子孙流散，不正是"金淡泊""枝无全叶""翠离披"吗？

颈联写人之哀伤。月光满床，蟋蟀悲鸣，寒云万里，北雁南归，这些景象与其说是诗人因菊残而不能成眠，不如说是远嫁的探春因思乡而辗转反侧。

尾联是诗人的自我安慰。明年菊花开时我们定会再见，莫为暂时分离难过。探春远嫁还会回来吗？《分骨肉》中有"离合岂无缘"之句，宝玉为探春续的柳絮词中有"纵是明春再见隔年期"之句。这些是反讽，还是暗示探春有回来探亲之日？

原 文

79.螃蟹咏

薛宝钗

桂霭①桐阴坐举觞②，
长安涎口③盼重阳。
眼前道路无经纬④，
皮里春秋⑤空黑黄⑥。
酒未敌腥还用菊，
性防积冷定须姜。
于今落釜⑦成何益，
月浦⑧空馀禾黍香。

【注释】

① 桂霭：桂花香气。② 觞（shāng）：古代酒器。③ 长安涎口：代指富贵人家好吃馋嘴的人。④ 经纬：纵横。⑤ 皮里春秋：指表面上不露好恶而内心深藏褒贬。⑥ 黑黄：黑的膏膜和黄的蟹黄。⑦ 釜（fǔ）：古代的一种锅。⑧ 浦：水边。

【赏析】

在《红楼梦》第三十八回中，贾宝玉及众姐妹作罢菊花诗后，又持螯赏桂，宝玉、黛玉、宝钗各赋诗一首吟咏螃蟹。宝钗的这一首被认为是"食螃蟹的绝唱"。

重阳佳节，金桂飘香，人们围坐在树底下，食肥蟹，饮佳酿，这是富贵人家所盼望的。螃蟹横行，从来不管眼前道路是纵还是横。蟹壳里除了黑的蟹膜和黄的蟹黄，别无他物。螃蟹腥气，须饮菊花酒相抵。蟹性寒凉，吃的时候应当配姜以防积冷。当螃蟹被放到锅里煮时，昔日的横行又有什么用呢？平日里螃蟹食稻伤农，而如今月下水边只有禾黍飘香。

众人称赞这首诗是因其以"小题目"而"寓大意"。颔联十分犀利地讽刺了那些投机取巧、阴险狡诈、不可一世的名利之辈。他们机关算尽，最终却免不了"落釜"的下场。

【注释】

① 耿耿：微明的样子，比喻心中有思虑而辗转难眠。② 秋梦绿：初秋草木尚未枯萎，因而梦中还是一片绿色。③ 爇（ruò）：燃烧。④ 檠（qíng）：灯台。⑤ 脉脉：细雨绵绵。

【赏析】

这首诗出自《红楼梦》第四十五回《金兰契互剖金兰语　风雨夕闷制风雨词》。林黛玉雨夜灯下翻书，书中有《秋闺怨》《别离怨》等词。于是她心有所感，写成《代别离》一首，摹拟张若虚的《春江花月夜》，将词命名为《秋窗风雨夕》。

前四句写秋景凄凉：秋花惨淡，秋草枯黄，秋灯昏暗，秋夜漫漫，窗外的秋意已让人体味不尽，又哪堪这秋风秋雨增添凄凉。第五句至第十六句写人之秋情。风雨迅疾，摇撼秋窗，无情地打破了梦中的绿色。愁情满怀，难再入眠，只好对着画屏移动蜡烛。烛焰摇曳，烛泪盈盈，牵动了人的离情别恨。"谁家秋院无风入"和"何处秋窗无雨声"两句以反问的形式来说秋风秋雨无处不入，比喻离愁别恨无人能免，似乎是在自我安慰。但这种自我安慰是如此苍白、无奈，并没有使人的情绪好转。她感受到的只有劲风阵阵，衾薄被冷，残漏声声，秋雨急促。彻夜的苦雨寒风似是伴人灯前垂泪。诗的最后四句转向室外的景和情。庭院里寒烟凄迷，万物萧条，竹间雨珠滴沥。不知这凄凉的风雨什么时候才能停止，苦闷的人儿泪雨纷飞，湿透窗纱。

这首诗暗喻了贾府将面临凄风苦雨，宝玉飘零在外，黛玉成为"离人"，最后泪尽而逝。宝玉回来时，潇湘馆已是"寒烟漠漠，落叶萧萧"，宝玉"对景悼颦儿"，泪洒窗纱。

原　文

80.代别离·秋窗风雨夕
林黛玉

秋花惨淡秋草黄，
耿耿①秋灯秋夜长。
已觉秋窗秋不尽，
那堪风雨助凄凉！
助秋风雨来何速，
惊破秋窗秋梦绿②。
抱得秋情不忍眠，
自向秋屏移泪烛。
泪烛摇摇爇③短檠④，
牵愁照恨动离情。
谁家秋院无风入，
何处秋窗无雨声！
罗衾不奈秋风力，
残漏声催秋雨急。
连宵脉脉⑤复飕飕，
灯前似伴离人泣。
寒烟小院转萧条，
疏竹虚窗时滴沥。
不知风雨几时休，
已教泪洒窗纱湿。

原 文

81. 咏 月

香菱

精华①欲掩料应难,
影自娟娟②魄自寒。
一片砧敲千里白③,
半轮鸡唱五更残。
绿蓑④江上秋闻笛,
红袖⑤楼头夜倚栏。
博得嫦娥应借问,
缘何不使永团圆!

【注释】

① 精华:月亮的光华。② 娟娟:美好的样子。③ 一片砧敲千里白:化用"长安一片月,万户捣衣声"(李白)的意境,写女子思夫的愁怨。④ 绿蓑:蓑衣,指代江上旅客。⑤ 红袖:女子。

【赏析】

这首诗出自《红楼梦》第四十九回《琉璃世界白雪红梅　脂粉香娃割腥啖膻》。香菱学诗咏月,前两首不佳,她冥思苦想,结果"精血诚聚",梦中得此佳作。

首联写月之美。月亮光芒四射,倩影娟秀,质地清寒,它的美丽难以遮掩。月之美即人之美。书中曾借周瑞家的、贾琏、薛姨妈等人之口多次称赞香菱的品貌,她的"精华"是遮不住的。颔联借景抒情。闺中思妇,彻夜难眠,直至残月西斜,鸡鸣欲晓。颈联情景并举,拓展境界。江上有多少旅人闻笛思乡,黯然泪下;又有多少女子楼头倚栏望月,思念远方的亲人。这两联所抒发的愁怨虽然是亘古至今游子思妇所共有的,但出自香菱笔下更令人神伤。出身大家的她,自幼漂泊,命运坎坷,不知度过了多少个不眠之夜,又流了多少思亲之泪。尾联之问明明是香菱自己强烈的愿望,却偏偏借嫦娥之口说出,既扣题,又意味深长,感情上更为凄怆,让人不忍卒读。

82. 咏红梅花

得"红"字①

邢岫烟

桃未芳菲②杏未红，
冲寒③先喜笑东风。
魂飞庾岭④春难辨，
霞隔罗浮⑤梦未通。
绿萼⑥添妆融宝炬，
缟仙⑦扶醉跨残虹。
看来岂是寻常色，
浓淡由他冰雪中。

【注释】

①　得"红"字：多人一起作诗，先提出若干字为韵字，由大家自由选择或拈阄决定，叫做"分韵"。分到某一韵字的人，在他的诗题下注明"得某字"，并用这个字所在韵部的字作韵脚。②　芳菲：花草香美。③　冲寒：冒着严寒。④　庾岭：即南方的大庾岭，以产梅著称。⑤　罗浮：指广东的罗浮山。《龙城录》里说，隋代赵师雄登罗浮山，遇见一位淡妆美女，饮谈甚欢，酒醒后发现自己卧在梅花树下。⑥　绿萼：即绿萼梅，是梅中花瓣萼蒂皆绿者，有人比之为仙女萼绿华。⑦　缟仙：白衣仙人，这里代指白梅。

【赏析】

这首诗出自《红楼梦》第五十回《芦雪广争联即景诗　暖香坞雅致春灯谜》，是邢岫烟所作。

邢岫烟笔下的红梅，含情含笑，红得淡泊，红得随遇而安，红得像极了邢岫烟的人生态度。

红梅盛开在桃没有灼灼其华、杏没有枝头春意闹的时节，面对寒冷，淡然而笑，一个"笑"字，写出了红梅乐观面对逆境的性情。作者用"魂飞庾岭春难辨"，来生动地表现红梅与大庾岭梅花的相同；又用隋代赵师雄登罗浮山赏梅的典故，暗示他所梦见的罗浮山梅花是淡色的，与所咏的红梅不同。接着运用烘托的手法，"绿萼""缟仙"，衬托得红梅更加红艳。最后两句是点睛之笔，虽然红梅生长在冰雪严寒中，但它的颜色依然不同寻常。

所谓诗言志，诗缘情，邢岫烟的咏红梅诗虽然内容不够丰富，但她的情感已寄托在红梅上了，红梅的生存状态，便是她生活状态的体现。

原 文

83. 访妙玉乞红梅

贾宝玉

酒未开樽句未裁^①，
寻春问腊到蓬莱^②。
不求大士^③瓶中露，
为乞嫦娥^④槛外梅。
入世冷挑红雪^⑤去，
离尘香割紫云^⑥来。
槎枒^⑦谁惜诗肩瘦，
衣上犹沾佛院苔^⑧。

【注释】

① 句未裁：诗句还没有构思推敲。② 蓬莱：传说中的仙境，此指妙玉居住的栊翠庵。③ 大士：观世音菩萨又称观音大士，此代指妙玉。④ 嫦娥：此指妙玉。⑤ 红雪：喻红梅。⑥ 紫云：喻红梅。⑦ 槎枒（chá yá）：形容人瘦骨嶙峋的样子。⑧ 佛院苔：指栊翠庵的青苔。

【赏析】

在《红楼梦》第五十回中，邢岫烟、李纹、宝琴咏完红梅诗后，宝钗提醒宝玉作诗。湘云听了，便拿了一支铜火箸击着手炉，笑道："我击鼓了，若鼓绝不成，又要罚的。"于是，在湘云的击鼓催促中、在黛玉的不断评论中，宝玉写就《访妙玉乞红梅》。

这是一首律诗，首联点明到妙玉的栊翠庵折梅的背景。第一句黛玉评价"起的平平"，第二句则认为"有些意思了"。宝玉不直说乞红梅，而是"寻春问腊"，以"春"点红，以"腊"代梅，别有韵味；且把妙玉的栊翠庵直接比作"蓬莱"，暗写了妙玉远离尘世的修行者身份。颔联对仗工稳，"不求""为乞"以对比的手法，突出表现作者乞折红梅的迫切心情，表达了对红梅的喜爱；也隐喻贾宝玉出家不是为了修炼成佛，而是为了逃避现实。颈联比喻运用贴切，"挑红雪""割紫云"都比喻折红梅；把从庵中采梅回来称为"入世"，去庵中求梅叫作"离尘"，梅称冷香，分别嵌于两句中，构思巧妙，是本诗最精彩的一联。很有伏笔意蕴的是尾联，宝玉写自己在寒风中踏雪寻梅，回来后，"衣上犹沾佛院苔"，念念不忘佛院之清幽，也暗示了他对妙玉的清静之地非常向往，为将来出家的结局做了铺垫。

84.赤壁怀古

薛宝琴

赤壁①沉埋水不流②，

徒留③名姓载空舟。

喧阗④一炬悲风冷，

无限英魂在内游。

【注释】

① 赤壁：山名，在今湖北省蒲圻县西北，是东汉末年孙刘联军用火攻大破曹军的地方。
② 沉埋水不流：折戟沉尸，江水为之阻塞。
③ 徒留：只留下。④ 喧阗（tián）：声音嘈杂。

【赏析】

本诗出自《红楼梦》第五十一回《薛小妹新编怀古诗　胡庸医乱用虎狼药》。在第五十回中，李纨按照贾母吩咐编了四个灯谜，李绮和李纹也编了两个，分别展示后，湘云、宝玉、黛玉也都进行展示。唯有宝琴选了十个地方的古迹，作了十首怀古诗，"又暗隐俗物十件"，请大家猜谜，《赤壁怀古》是其中第一首。

赤壁，因孙刘联军以少胜多大败曹操而闻名。当年那场赤壁之战，折戟沉尸，堵塞了长江的流水，最后只留下绣有大将名字的旗子竖在舟中。作者运用夸张的手法，突出了战争的惨烈。在喧哗嘈杂中，周瑜一把火烧掉曹操的船只，只剩下冷风在江上回旋，有多少英雄葬身赤壁呀。通篇不着一"死"字，却句句写死，渲染了阴森凄惨的气氛。

这是一首怀古诗，怀古是为了伤今。作者借用宝琴之笔，很可能在暗示贾府这一艘大船家散人亡，只留一个空架子的悲剧结局。至于这首诗的谜底，原作没有交代，看来作者意不在此，只是借古伤今罢了。

原　文

85. 交趾①怀古
薛宝琴

铜铸金镛②振纪纲，
声传海外播戎羌。
马援③自是功劳大，
铁笛无烦说子房④。

【注释】

① 交趾：古郡名，辖境相当于今越南北部，汉武帝元鼎元年设置。② 金镛：用铜铸的大钟。③ 马援：光武帝刘秀的大将，曾带兵西击羌族，南征交趾，立铜柱纪功。④ 铁笛无烦说子房：论劳苦功高当数马援，有笛曲可征其事迹，用不着去说汉初的张良。铁笛，马援南征时作《武溪深行》，写武溪毒淫，征途艰险。"门生爱寄生善笛，援作歌以和之"，铁笛所吹之曲即指此。子房，汉初张良的字。有谓张良曾吹笛作楚声，于垓下瓦解项羽军心。

【赏析】

这是宝琴写的第二首怀古诗。选取交趾这一处古迹，称赞马援的功绩，按照曹雪芹的写作思路，自然暗含着作者的价值指向和与贾府的某种联系。

宫中金钟远播，国威远扬，马援奉朝廷诏命整肃边陲，以振法纪政令权威，最后平定西戎，立下赫赫战功，闻名遐迩。诗歌开头就把马援放置于朝廷命官的位置上，运用借代的手法，以"金镛"代朝廷，以"戎羌"代指少数民族，语言含蓄，且突出了事物的特征。紧接着，又用张良的典故，借他以笛声瓦解楚军的故事，来衬托马援的劳苦功高。整首诗表现了马援为国家的和谐统一做出的贡献，突出了他高大的形象。

作者塑造这一人物形象，寓意还是比较鲜明的。马援的建功立业，与贾家祖上跟从皇帝东征西战立下汗马功劳非常相似。皇恩浩荡，贾府的社会地位、财富来源可想而知。马援的功劳簿，或可喻指贾府的发家史吧！

【注释】

① 钟山：亦称钟阜、北山，即今南京市中山门外的紫金山。南齐孔稚珪作《北山移文》，文中说道，周颙曾隐居于钟山，以清高不仕自诩，后突然应朝廷之命出山为官。② 汝：你，指周颙。③ 出凡尘：离开隐舍，到尘世做官。④ 牵连：指对世俗名利的贪恋。⑤ 嘲笑频：周颙做官后，每次经过钟山，都会受到山灵的嘲笑。

【赏析】

这是宝琴写的第三首怀古诗。诗中的人物，无疑是作者着力嘲笑的对象，其中的"汝"，既可以单指周颙，也可以是泛指，否则，怀古诗便失去了它的意义。

宝琴直接用第二人称与曾在钟山隐居的人对话：人世间的名利何曾伴随你的左右，字里行间充满了对周颙人品的赞赏。可是，不知什么原因，周颙被朝廷诏令从隐居地钟山出世为官，一种惋惜的语调充溢于字里行间。作者从人世间追逐名利的角度剖析周颙的这一举动，既然难断"官"念，也就不必假清高了，更不要怨恨他人嘲笑自己的行为了。

诗歌运用欲抑先扬的手法，把周颙的前后行为进行对比，突出了他假清高真名利的嘴脸，讽刺了那些所谓的隐士贪图官禄的虚伪情态。那么，这首诗又暗喻什么人的命运呢？有研究者认为暗指李纨，也有可能作者是借那些丢不开功名利禄之人来衬托宝玉与尘世决绝的可贵与率真。这首怀古诗的多解性正是其艺术魅力之所在。

原　文

86. 钟山①怀古

薛宝琴

名利何曾伴汝②身，
无端被诏出凡尘③。
牵连④大抵难休绝，
莫怨他人嘲笑频⑤。

原 文

87. 淮阴①怀古

薛宝琴

壮士须防恶犬欺②，
三齐位定③盖棺时。
寄言世俗休轻鄙④，
一饭之恩⑤死也知。

【注释】

① 淮阴：秦代设置的县，西汉韩信出生于此地。② 恶犬欺：指韩信年轻时曾遭淮阴恶少的欺侮，受胯下之辱。③ 三齐位定：秦亡后项羽将齐地分为胶东、齐、济北三个诸侯国。韩信初属项羽，后归刘邦，被封为齐王。④ 休轻鄙：不要看不起韩信。⑤ 一饭之恩：韩信有一次在城下钓鱼，一个正在洗衣服的妇人可怜他，给他饭吃。后来韩信封王时，召见这个妇人，赐赠千金以报答她的"一饭之恩"。

【赏析】

淮阴侯韩信的故事大家都略知一二，韩信将兵多多益善，韩信忍受胯下之辱等等。见多识广的薛宝琴，又借淮阴侯的故事带给人们怎样的思考和感悟呢？

在诗歌开头，宝琴就以劝诫的口吻提醒人们，壮士也要提防被恶狗欺凌，韩信就承受过淮阴恶少的胯下之辱。当韩信接受刘邦的册封成为齐王时，就决定了他将来被杀的命运结局。

世俗之人不要鄙视韩信的结局，他能赠千金以报答老妇当年的"一饭之恩"，说明其品质可贵。

从整首诗来说，不过截取了韩信生平的几个典型片段，曹雪芹却借此指向了贾府。贾府的鼎盛在于被赐予"荣国公""宁国公"时，贾府的衰败也与朝廷派系斗争息息相关，这与韩信的命运何其相似。就算是贾府强盛，也要提防更强大的政治势力。这告诫世俗之人不要鄙视衰落的贾府，像刘姥姥等依然记得当年被救济的恩情，且以自己救巧姐的行为报答贾府。

淮阴怀古，以古喻今，引发世人对一个家族命运的思考。

原　文

88. 广陵①怀古

薛宝琴

蝉噪鸦栖②转眼过，
隋堤③风景近如何。
只缘占得风流号④，
惹得纷纷口舌多⑤。

【注释】

① 广陵：广陵郡。隋时先设扬州，后又改为江都郡，治所在今江苏省扬州市。② 蝉噪鸦栖：蝉在柳树上叫，乌鸦在柳树上筑巢。③ 隋堤：隋炀帝于大业元年三月，调动河南、淮北诸郡男女百余万开挖通济渠，自洛阳直通江都。河渠两岸堤上种植垂柳，谓之隋堤。④ 风流号：隋炀帝喜欢游玩逸乐，得了个"风流"皇帝的称号。⑤ 口舌多：纷纷讥贬隋炀帝的穷奢极欲。

【赏析】

扬州自古繁华，"谁知竹西路，歌吹是扬州"。广陵郡治所设在扬州，宝琴的《广陵怀古》注定与繁华有关。

这首诗吟咏的是南北大运河两岸的隋堤。堤上遍种柳树，蝉在树上鸣叫，乌鸦在树上筑巢。乌鸦在诗歌传统意象中是凄凉和荒败的象征。"蝉噪"代表夏季，是一年四季万物生长最鼎盛的时期，"鸦栖"代表冬季，万木凋零，乌鸦筑在树上的巢便显现出来。"蝉噪鸦栖"说明繁华一转眼已成为过去，就像从盛夏到寒冬一样。隋堤的风景近期又怎样了呢？想当年隋炀帝享乐游玩，在扬州这样的锦绣风流之地流连忘返，自是繁盛无比。当年的繁华欢乐如今是否还在？只因为隋炀帝奢侈淫乐，得了个"风流"皇帝的称号，所以才招来了后世的讥讽。

宝琴做这样的灯谜，到底暗示着什么呢？从这个典故我们可以猜测，隋堤风景由繁盛到荒败，隐喻着贾府由繁华到衰败。贾府也以富贵风流闻名，锦衣玉食背后是纸醉金迷，礼崩乐坏。当它衰败时，也会成为人们茶余饭后的谈资吧！

原 文

89.桃叶渡① 怀古

薛宝琴

衰草闲花②映浅池，
桃枝桃叶③总分离。
六朝梁栋④多如许，
小照⑤空悬壁上题。

【注释】

① 桃叶渡：在今南京市秦淮河与青溪合流处。桃叶是晋代王献之的妾，曾渡河与王献之分别，王献之在渡口作《桃叶歌》相赠，桃叶作《团扇歌》以答。后人就称这渡口为桃叶渡。② 闲花：野花。③ 桃枝桃叶：代指王献之与桃叶。④ 梁栋：大臣的代称。王献之曾担任中书令。⑤ 小照：画像。

【赏析】

桃花渡，因一段美好的情缘而出名，它不仅仅是一个渡口，更是一段依依惜别的深情的诉说地。

《桃花渡怀古》既是怀古诗，又是一首离别诗。第一句描写了桃花渡萧条的景色，衰败的枯草和野花倒映在浅浅的池水中，为整首诗奠定了伤感的基调。面对凄凉的秋天，桃枝和桃叶总是要被秋风吹落而分离的。诗人在此运用了一语双关的修辞手法，桃枝和桃叶既是实指，又虚指王献之与侍妾桃叶。作为六朝栋梁的大臣多半这样，难免都会有离别亲人的憾恨。那幅桃叶的画像空挂在题着字的墙壁上，承受着离别的孤单。全诗笼罩着一种惆怅哀怨的情绪，使人联想到大观园后来群芳流散的结局。

"桃枝桃叶"同宗同源，隐喻着宝玉与黛玉、迎春、探春众姐妹的血缘关系。他们将在人生的渡口分别，走向孤单的未知。后来贾府衰败，宝玉与众姐妹陆续告别，这可能是曹雪芹《桃花渡怀古》埋下的伏笔吧！

原　文

90. 青冢^①怀古

薛宝琴

黑水^②茫茫咽不流，
冰弦^③拨尽曲中愁。
汉家^④制度诚堪叹，
樗栎^⑤应惭万古羞。

【注释】

① 青冢：王昭君的墓。② 黑水：黑河，即今内蒙古自治区呼和浩特市南之大黑河，王昭君死后葬在黑河岸边。③ 冰弦：一种蚕丝制成的琵琶弦。传说王昭君出塞，弹琵琶以寄恨。④ 汉家：汉朝。⑤ 樗栎（chū lì）：樗，臭椿。栎，栎树。旧时说它们是不成林的树木，用以比喻无用之人。此处指汉元帝。

【赏析】

　　杜甫《咏怀古迹》中说："千载琵琶作胡语，分明怨恨曲中论。"写昭君之怨的诗不只一首，宝琴的这首《青冢怀古》，也吟咏了昭君出塞与匈奴和亲的悲怨。她既哀叹昭君的遭遇，也讽刺了统治者的昏庸无能。

　　诗歌一开始就展开想象，把人们带到了黑水河畔，当年河水茫茫一片，为昭君鸣咽而不流淌。拟人手法的运用，生动地写出了昭君的愁怨。昭君弹起琵琶，在琵琶曲中诉说无限的乡愁。接着，作者直指造成这种状况的汉朝统治者以及和亲政策，运用"樗栎"的典故，批评汉元帝如樗树、栎树一样无用，不知奋战退敌，却让弱女子来充当政治的牺牲品，应该万古羞惭。

　　宝琴的诗表现了昭君远离家乡亲人的悲凉哀怨之情，在贾府的悲剧人物中，又暗指谁呢？远离又哀怨者，唯有探春和香菱。探春的命运像极了昭君，朝廷官员将领无能，派一弱女子到海江和番，只留下探春面对茫茫海域，发出"把骨肉家园齐来抛闪""恐哭损残年"的幽怨。如指香菱，她的"册子"上所画的"一方池沼，其中水涸泥干"的图景与本诗首句所写相合。薛蟠无能，屈从金桂，虐待香菱，致使香魂返故乡，也符合"青冢"这一题目。

原 文

91. 马嵬①怀古

薛宝琴

寂寞脂痕渍汗光②，
温柔一旦付东洋③。
只因遗得风流迹④，
此日衣衾⑤尚有香。

【注释】

① 马嵬（wéi）：马嵬坡，在今陕西省兴平县西，杨贵妃死于此。② 脂痕渍汗光：脸上的胭脂被汗水渍湿，指杨贵妃缢死时的面相。③ 付东洋：付之东流，喻结束。④ 风流迹：指杨贵妃的风流韵事。⑤ 衣衾：衣被。指杨贵妃的遗物。

【赏析】

"马嵬坡下泥土中，不见玉颜空死处"，白居易的《长恨歌》叙述了唐玄宗、杨贵妃在"安史之乱"中的爱情悲剧，一个"恨"字，点明了主旨。宝琴的《马嵬怀古》又对杨贵妃怀有怎样的情感呢？

杨贵妃的死是寂寞的。"安史之乱"中，她与唐玄宗仓皇出逃，六军不发无奈何，于是唐玄宗眼看着杨贵妃自缢，昔日的温柔也付诸东流。只因为留下风流韵事，杨贵妃虽死，她的故事却永远留存。对杨贵妃，宝琴做了暗含讥讽的吟咏。结合贾府人物，自缢身亡的秦可卿可能是被暗示的对象。她"生得袅娜纤巧，行事又温柔和平"，比较符合宝琴所描写的杨贵妃的特征。宝琴冷观贾府种种靡烂的生活，为贾府的衰败唱响了一首挽歌。

但说这首诗是写元春也非常有道理。元春省亲，点的戏就是《长生殿》，脂砚斋在此处点评为"元妃之死"。元春的身份与杨贵妃相同，结局是"虎兕相逢大梦归"，应该是权力或宠幸之争的牺牲品，也与杨贵妃的死因一致。从元妃这个角度看，这首诗表达了曹雪芹对元春风光之后梦断他乡的悲叹。

92. 蒲东寺①怀古

薛宝琴

小红②骨贱最身轻，
私掖偷携强撮成③。
虽被夫人时吊起④，
已经勾引⑤彼同行。

【注释】

① 蒲东寺：唐代元稹《会真记》和元代王实甫的《西厢记》中的普救寺，因在蒲津之东，又称蒲东寺。② 小红：指《西厢记》中崔莺莺的丫鬟红娘。因她是奴婢，又蔑视传统礼教，故被说成"骨贱最身轻"。③ 强撮成：指红娘瞒着老夫人为张生和莺莺撮合。④ 吊起：指老夫人拷问红娘之事。⑤ 勾引：引导。

【赏析】

小红是元杂剧《西厢记》中崔莺莺的侍女，她促成了莺莺和张生的姻缘。《蒲东寺怀古》，应该不属于怀古诗，因为"蒲东寺"是文学作品中的虚构地点。所以宝钗建议另外创作两首，但黛玉忙拦道："这宝姐姐也忒'胶柱鼓瑟''矫揉造作'了。"这也就相当于告诉读者不必拘泥于历史。

小红是个婢女，"骨贱身轻"，这是贵族小姐宝琴的认识。她认为小红不安分，主动热情地撮合张生和莺莺，不合其身份地位。小红暗中促成张生和莺莺美好的姻缘，虽遭到了老夫人的拷问，但为时已晚。曹雪芹作诗，有时采用似贬实褒的写法，给自己喜爱的人物以中肯的评价。

作者除了借宝琴之口制作灯谜外，就其所咏之人之事来说，可能是为像小红这样身份地位且个性相近的女孩子画像，比如晴雯、金钏等。晴雯地位卑贱，心比天高，极有个性，与宝玉私交甚密，最后被王夫人撵了出去，在病中悲惨死去。而金钏与贾宝玉私下拉拉扯扯，挨了王夫人一巴掌，屈辱投井。虽然她们人亡影息，但她们在宝玉心中的地位都没改变。

原　文

93. 梅花观①怀古

薛宝琴

不在梅边在柳边②，
个中③谁拾画婵娟。
团圆莫忆春香④到，
一别西风⑤又一年。

【注释】

① 梅花观：明代汤显祖的戏曲《牡丹亭》中，杜家为守护杜丽娘坟墓而建造的庙宇。② 不在梅边在柳边：杜丽娘题自画像诗的最后一句，句中暗含柳梦梅的名字。③ 个中：此中。④ 春香：杜丽娘的丫鬟。⑤ 西风：秋风。

【赏析】

梅花观是杜丽娘葬身之处，也是柳梦梅拾得杜丽娘画像并与之生死缠绵之地。这种超越生死的爱情，在曹雪芹笔下化作人生的一个谜底，让读者去品味这一超越世俗的情感。

“不在梅边在柳边”，其中隐含了柳梦梅的名字，而深层意思是暗示黛玉将在柳絮飘飞的暮春季节离开人世。宝玉与黛玉相遇本来就是前世神瑛侍者救活绛珠仙草的时光穿越，与柳梦梅救活杜丽娘的故事惊人相似。后两句说不要去回想春香来到而得团圆的情景，秋风又起，一别又是一年。这描述了杜丽娘与柳梦梅团聚和分离的情景。“春香”一语双关，葬花之日，春花的香气随黛玉灵魂飞去，“试看春残花渐落，便是红颜老死时”。柳梦梅与杜丽娘的生死之恋，与宝黛的缠绵爱情如出一辙。

宝琴是一个站在外围看贾府的人，所谓旁观者清，再加之其冰雪聪明，阅历丰富，创作十首怀古诗以暗喻贾府家亡人散的《赤壁怀古》总说，以《梅花观怀古》终结，顺序的安排肯定不是随意的。因为《红楼梦》以宝黛的爱情为主线，宝玉追随黛玉的灵魂而走出尘世，也就标志着全书的终结和贾府的彻底无望。

【注释】

① 儿家：指西施。② 效颦：传说春秋时期，越国美女西施的邻居人称东施，貌丑，因见西施捧心皱眉的样子很美，也仿效之，结果显得更丑。

【赏析】

这是林黛玉"五美吟"中的第一首，出自《红楼梦》第六十四回《幽淑女悲题五美吟　浪荡子情遗九龙珮》。黛玉借助对西施悲剧命运的悲叹，表达了对红颜薄命的同情以及自己的身世遭际和未来无着之悲。

有倾国倾城之貌的西施如浪花一般湮没在时间的长河里，留给人们的唯有那段尘封的春秋时期的传说。不管是与范蠡同游五湖，还是沉江而亡，生命的漂泊或短暂终究是悲剧结局。那位产生"东施效颦"典故的东施，人们没有必要嘲笑，她过着浣纱的平常生活，虽然相貌丑陋，却能在自己的故土活到白头。

黛玉笔下的西施，是自己命运的翻版。她寄人篱下，漂泊异乡，柔弱多病，聪慧敏感，多愁善感。黛玉写作这首诗时，离她魂归故土已为时不远。她预感到了病体难以支撑的归宿，自己的生活状况就是西施的漂泊或短命的印证。于是，她以人喻人，借用典故，传达出女子深切的悲音，使人垂泪流涕，对这个才貌双全的弱女子给予深深的同情和惋惜。

原　文

94. 西　施

林黛玉

一代倾城逐浪花，
吴宫空自忆儿家①。
效颦②莫笑东村女，
头白溪边尚浣纱。

原 文

95. 虞 姬

林黛玉

肠断乌骓①夜啸风，

虞兮幽恨对重瞳②。

黥彭③甘受他年醢，

饮剑④何如楚帐中。

【注释】

① 乌骓：西楚霸王项羽的坐骑。垓下之战，四面楚歌，项羽面对心爱的乌骓马和挚爱的虞姬，洒泪诀别。② 重瞳：代指项羽。《史记·项羽本纪》记载，"又闻项羽亦重瞳子"，即传说项羽眼中有两个瞳孔，以说明项羽的不同凡人。③ 黥彭：黥布、彭越。他们原来都是项羽的部下，投降刘邦后，破楚有功，被刘邦封王，后来因谋反受醢（hǎi）刑。④ 饮剑：用剑自刎。

【赏析】

《虞姬》是林黛玉"五美吟"中的第二首。虞姬是黛玉眼中有才色的女子之一，她的刚烈忠贞，她的悲剧人生，使黛玉既钦佩又慨叹。于是，在黛玉的妙笔中，虞姬的形象栩栩如生，跃然纸上。

在四面楚歌的夜晚，乌骓马在风中嘶鸣，生死诀别痛断人肠。虞姬面对项羽，挚爱的人无法存活于世是她深深的遗憾。对项羽的一往情深而又万般无奈的诀别，虞姬没有像黥布和彭越那样苟且偷生，而是在军帐中拔剑自刎，以死表达对夫君的忠贞。

这是一首黛玉借"古史中有才色的女子"寄慨之作。黛玉在诗中以对比的手法，刻画了虞姬的形象，突出表现了虞姬对丈夫的忠贞。联系黛玉的爱情遭际，黛玉感念虞姬的这片衷情，实际上触动的是自己情感中的那根心弦。"质本洁来还洁去"是黛玉的心愿，而木石前盟中"把我一生所有的眼泪还他"是忠于爱情的誓言。黛玉所欣赏的虞姬，与她的品性和对爱情的追求相似。作者借这首诗，表达了对虞姬的钦佩和对命运的慨叹。

原　文

96. 明　妃

林黛玉

绝艳惊人出汉宫①，
红颜命薄古今同。
君王纵使轻颜色，
予夺权何畀画工②？

【注释】

① 出汉宫：指王昭君出嫁于南匈奴呼韩邪单于之事。② 予夺权何畀画工：意思是决定取舍的权力为什么要交给画工呢。予夺，取舍。畀（bì），交给。传说汉元帝后宫人多，不能全部见完，叫画工先画了像，然后选见。宫人多向画工行贿而昭君不肯，所以被丑化而不得召见。匈奴求亲，元帝选昭君前去，临行召见，方知昭君很美，但已无法挽回，便杀掉毛延寿等许多画工泄愤。

【赏析】

"五美吟"第三首便是《明妃》。黛玉借助昭君的悲剧命运，抒发了"红颜命薄古今同"的无限感慨。

艳丽惊人的昭君离开汉宫远嫁匈奴，红颜薄命在古今没有不同啊。这两句叙议结合，借古抒怀，把昭君的命运与自己以及所有红颜的命运结合在一起，赋予昭君这个悲剧人物更广阔的社会意义和现实意义。接着，黛玉把批判的锋芒指向汉元帝：纵然你汉元帝轻视美人，可怎能把取舍的大权交给那些画像的画工呢？黛玉一声质问，揭示了造成昭君悲剧命运的根源，运用反问的句式，表达了她的愤懑之情。

昭君的背井离乡，可能触动了黛玉浮萍般的寄人篱下的感受，她和昭君一样都是孤独的，故谴责讽刺这一现状的制造者，表现了自己不肯听人摆布、要求掌握自己命运的独立精神。

原 文

97.绿 珠

林黛玉

瓦砾明珠①一例抛，
何曾石尉②重娇娆③。
都缘顽福④前生造，
更有同归慰寂寥⑤。

【注释】

① 明珠:绿珠,晋代石崇的宠妓。《晋书·石崇传》记载,因绿珠善于歌舞,权臣孙秀看中了绿珠,去向石崇讨要,被石崇拒绝了。孙秀假传皇帝诏令逮捕石崇,石崇临死前对绿珠说:"我今为尔获罪。"绿珠回答说:"愿效死于君前。"于是她跳楼而亡,石崇也被处死。② 石尉:指石崇。③ 娇娆:美女,指绿珠。④ 顽福:傻福气。⑤ 寂寥:寂寞冷清。

【赏析】

绿珠是黛玉笔下又一个悲剧人物,对她跳楼殉情的行为黛玉给予深深的惋惜。

"瓦砾明珠一例抛",黛玉把石崇比作瓦砾,破碎了也不足惜,可明珠般的绿珠却与其一起被毁弃,实在可惜可叹。石崇何曾对绿珠有真正的爱情,不过就是贪图美色而已。从他"我今为尔获罪"的话语,实在看不出对绿珠的忠贞,而是有后悔之意。但是,好像前生注定石崇艳福不浅,竟然有绿珠这样的痴情女子为他殉情,与他黄泉相伴,安慰他寂寞凄冷的灵魂。

黛玉"惋惜绿珠而对石崇颇有微词,以为石崇生前珠玉绮罗之宠,抵不得绿珠临危以死相报,又可见其在爱情上重在意气相投和精神上的默契"(蔡义江)。在黛玉的爱情观念中,女子痴情,但这种单向性的选择是不可取的,是可悲的,这也从另一个方面反映了黛玉思想中的平等意识。

98. 红　拂

林黛玉

长揖①雄谈态自殊，
美人②巨眼识穷途。
尸居余气③杨公幕，
岂得羁縻④女丈夫。

【注释】

① 长揖：指李靖以布衣见杨素时长揖不拜，和一般的进见者不同。② 美人：指红拂，唐代杜光庭《虬髯客传》的女主人公，初为隋朝大臣杨素的侍女，后私奔李靖。她在杨家时手持红拂，自称"红拂妓"。③ 尸居余气：会喘气的活尸。这是红拂骂杨素的话，意老朽不堪，行将就木。④ 羁縻：约束，控制。

【赏析】

红拂是"五美"中黛玉最欣赏的一位，字里行间透露着对其行为的肯定与赞赏，黛玉塑造的红拂这一形象是对"女子无才便是德"的大胆否定。

红拂，以自己的敢作敢为，摆脱了悲剧命运，找到了自己的归宿和幸福。她的远见和聪慧，成就了另一种人生。红拂所追求的李靖，仪态洒脱，谈吐不凡，虽为布衣，当下不得志，但红拂却能看出他将来一定大有作为。而行将就木的杨素是配不上红拂的，也阻止不了她对幸福的追求。

黛玉欣赏红拂，称她为"女丈夫"，钦佩她的卓识，不受权势和封建礼教的束缚，勇于追求自己的理想生活。面对宝钗说的女子"总以贞静为主""倒不要这些才华的名誉"，《红拂》一诗"命意新奇，别开生面"，创作者非黛玉莫属。

曹雪芹借黛玉之手，借红拂形象，表达了自己开明的妇女观，这也是曹雪芹思想高出其他人的地方。

原 文

99.桃花行

林黛玉

桃花帘外东风软，
桃花帘内晨妆懒①。
帘外桃花帘内人，
人与桃花隔不远。
东风有意揭帘栊②，
花欲窥人帘不卷。
桃花帘外开仍旧，
帘中人比桃花瘦。
花解怜人花也愁，
隔帘消息③风吹透。
风透湘帘④花满庭，
庭前春色倍伤情。
闲苔院落门空掩，
斜日栏杆人自凭。
凭栏人向东风泣，
茜裙⑤偷傍桃花立。
桃花桃叶乱纷纷，
花绽新红叶凝碧。
雾裹烟封一万株，
烘楼照壁⑥红模糊。

【注释】

① 晨妆懒：指由于伤春而没有心情梳妆打扮。② 帘栊：指窗帘和窗牖，也泛指门窗的帘子。③ 隔帘消息：帘外桃花与帘内少女互相怜惜的情绪。④ 湘帘：斑竹制作的帘子。⑤ 茜裙：茜纱裙。茜，一种根可做红色染料的植物，这里指红纱。⑥ 烘楼照壁：火红的桃花映到楼阁和墙壁上。⑦ 天机烧破鸳鸯锦：天机，天上织女的织机，传说天上有仙女用天机织云锦。鸳鸯锦，带有鸳鸯图案的丝织物。这句是说，桃花如红色云锦烧破落到地面。⑧ 珊枕：珊瑚做的枕头。⑨ 香泉影蘸：面影映在清凉的泉水中。⑩ 杜宇：即杜鹃鸟，也叫子规。传说古代帝王杜宇，号望帝，死后灵魂化为此鸟，啼声悲切，故有"杜鹃啼血"的说法。又说它的叫声很像"不如归去"。

【赏析】

桃花与春天是同步的，春风吹来，桃花灼灼；春天归去，桃花谢幕。林黛玉的《桃花行》，描绘了春来桃花满天、春尽凋落的生命历程，以花喻人，花人合一，暗示了黛玉生命之泉趋向枯竭的结局，读罢催人泪下。

《桃花行》是黛玉继《葬花词》之后又一借花自况的诗作，出自第七十回《林黛玉重建桃花社 史湘云偶填柳絮词》。这是一首歌行体诗，以桃花的象征意义，传递出黛玉红颜薄命的哀音。

黛玉首先把桃花置于与自己对比的情境中，帘外桃花在春风中盛开，而帘内的人却懒于梳妆，比桃花瘦，"倍伤情"。这一反衬，使黛玉不仅感受不到春天的温度，更增添了她的凄苦与忧伤。如果花解人意的话，也会受到人情绪的影响，忧愁惆怅，桃花与人之间有春风做信使，应该也理解自己的伤感。院门空掩，帘内的人凭栏自泣，想走近与自己命运相似却又不同的花朵。绿叶的增多也同时标志着花期将近，桃花鲜艳的色彩正如赏花人浸血的泪水，但是泪水长流，而花却独自妩媚着，更平添了黛玉的孤独。"泪眼观花泪易干，泪干春尽花憔悴。憔悴花遮憔悴人，花飞人倦易黄昏。"这几句把黛玉的情感推向高潮，那种人、花不能交流却又命运相同的生命状态实乃以血泪凝成，字字悲音。人与桃花皆憔悴枯萎，可桃花曾经"烘楼照壁"，在春天尽情绽放过，而自己除了命运结局与之相同，其他又怎能与桃花相比呢？

红颜薄命，生命短暂。难怪"宝玉看了并不称赞，却滚下泪来"，并断定此诗出自黛玉，因为这的确表现了黛玉"曾经离丧"、漂泊无依的心境。

原　文

天机烧破鸳鸯锦⑦，
春酣欲醒移珊枕⑧。
侍女金盆进水来，
香泉影蘸⑨胭脂冷！
胭脂鲜艳何相类，
花之颜色人之泪。
若将人泪比桃花，
泪自长流花自媚。
泪眼观花泪易干，
泪干春尽花憔悴。
憔悴花遮憔悴人，
花飞人倦易黄昏。
一声杜宇⑩春归尽，
寂寞帘栊空月痕！

原 文

100.如梦令

史湘云

岂是绣绒残吐①，卷起半帘香雾②。纤手自拈③来，空使鹃啼燕妒④。且住，且住！莫使春光别去！

【注释】

① 绣绒残吐：指吐绒，喻柳絮。绣绒，过去妇女刺绣时，常用牙咬断丝线，吐出留在牙齿上的绒毛，叫绣绒，在此比喻柳花。
② 香雾：飘飞的柳絮像一层轻雾，喻柳絮。
③ 拈：用手指头拿东西。
④ 鹃啼燕妒：拈柳絮占得了春光，引起春鸟妒忌。

【赏析】

这是史湘云在暮春时节见柳絮飞舞即兴而作的一首小令。《红楼梦》第七十回里，黛玉重建桃花诗社后，并未作诗，一日史湘云感到无聊，因见柳花飞舞，便填了这首《如梦令》，表达了她对春光的留恋和惋惜之情。

史湘云是一个侯门千金，但身世坎坷。虽然如此，爽朗乐观的性格使她对事物的看法"英豪阔大"。面对飘飞的柳絮，她不同于黛玉的葬花悲花，而是带着一种顽皮，一种天真烂漫去欣赏眼前的春景，任鹃啼燕妒，依然"纤手自拈来"。尤其是"且住，且住！莫放春光别去"，这真是史湘云式的语言，惜春但不伤春，表达了一位天真少女对美好生活的追求。

史湘云把自己的得意之作拿给宝钗、黛玉看，才引出了后文以柳絮为题的诗词大会，引出了《西江月》和《临江仙》，这首《如梦令》就这样非常自然地推动了故事情节的进一步发展。

101. 南柯子

贾探春　贾宝玉

空挂纤纤缕①，徒垂络络丝②，也难绾系③也难羁④，一任东西南北各分离。

落去君休惜，飞来我自知。莺愁蝶倦晚芳时⑤，纵是明春再见隔年期⑥。

【注释】

① 纤纤缕：一缕缕垂下的细柳条。② 络络丝：一缕缕如丝般柔软的柳条。③ 绾（wǎn）系：打成结把东西系住。④ 羁：绊住。⑤ 晚芳时：晚春季节。⑥ 隔年期：相隔一年才能见到，也就是说，要等到柳絮再生出来。

【赏析】

这首词出自《红楼梦》第七十回《林黛玉重建桃花社　史湘云偶填柳絮词》。柳树是我国传统诗歌中经常吟咏的对象，因为它含有惜别怀远之意。柳絮飘飞，自然更引发人们产生一种漂泊分离之感，探春和宝玉合作的《南柯子》便是对这种情感的极确切的描述。

纤细而柔软的枝条无奈地低垂着，无法挽留和牵绊柳絮的飘飞，任其东西南北飘散分离。这首词上阕是探春所作，字里行间暗示了她将来与亲人分离、和番远嫁的命运，使人自然联想起《分骨肉》中"一帆风雨路三千，把骨肉家园齐来抛闪"的谶语。曹雪芹安排探春只写上阕就无法继续写作，同时也暗示胸襟开阔、精明志高的探春面对命运安排的无奈和无助。

而宝玉的下阕是受探春没完成的上阕的启发才"动了兴"。"落去君休惜，飞来我自知"，是对漂泊命运的安慰，一切随缘而化。晚春时节，黄鹂鸣唱着忧愁，蝴蝶倦飞，都为飘飞柳絮渲染着氛围，纵使能再见面，也得等到来年了。这也预示了宝玉和大观园诸姐妹各自飘散的结局。

原 文

102. 唐多令

林黛玉

粉堕百花洲①，香残燕子楼②，一团团逐对成毬③。漂泊亦如人命薄，空缱绻④，说风流⑤。

草木也知愁⑥，韶华竟白头！叹今生谁舍谁收？嫁与东风春不管，凭尔去，忍淹留。

【注释】

① 百花洲：相传是西施曾经游玩过的地方。百花洲在姑苏城内，林黛玉是姑苏人，借以自况。② 燕子楼：唐代女子关盼盼怀念旧情而独居的地方。③ 毬：同"球"，形容柳絮在地上滚动的形态。④ 缱绻：缠绵，情好而难分。⑤ 风流：才华风度。⑥ 草木也知愁：在此隐指"林"字，黛玉曾自称为"草木人儿"。

【赏析】

《唐多令》紧承探春与宝玉的《南柯子》。黛玉借柳絮飘飞，把这首词写得缠绵悱恻，非黛玉之笔，非黛玉之心，则无这生花之妙。

柳絮飘飞，落于百花洲，飞向燕子楼，这既是实景再现，又是虚景联想。百花洲和燕子楼是古代女子孤独悲愁之所在，而柳絮在此"粉堕""香残"，便赋予了它愁苦的内涵。它们也和人一样追求相伴终生者，但只是缠绵，空有风流灵巧，四处漂泊，命浅福薄。草木也有人的愁绪，竟然愁白少年头。是谁把你舍弃，又是谁把你收容？柳絮任东风摆布，无助地离去，怎忍心漂泊在外久留不归。

黛玉采用托物言志的手法，塑造了漂泊无依的柳絮形象。柳絮的生存状态，就是黛玉的生存状态：漂泊在外，归宿无着，青春逝去，无人关爱。她把自己的一腔血泪融入词中，那一句"谁舍谁收"与《葬花词》异曲同工。

原 文

103. 西江月
薛宝琴

汉苑①零星有限，隋堤②点缀无穷。三春事业③付东风，明月梅花一梦④。

几处落红庭院，谁家香雪帘栊⑤？江南江北一般同，偏是离人恨重⑥！

【注释】

① 汉苑：汉代皇家的园林，内种植柳树。② 隋堤：隋炀帝时开凿的南北大运河的堤坝，以多柳著称。③ 三春事业：自然造就的春天景象。④ 明月梅花一梦：月下的点点柳絮疑似梅花，实则不然，故曰一梦。⑤ 香雪帘栊：指沾满柳絮的门窗帘幕。香雪，喻柳絮。⑥ 偏是离人恨重：古人以折柳赠别。又因柳絮漂泊不归，也容易勾起离别者的愁绪。

【赏析】

同样吟咏柳絮，宝琴的《西江月》基调与前几首不同，以"声调壮"而高出几位咏柳絮者。

汉朝皇家园林上林苑的柳树零零星星有限，而点缀隋堤的柳树却多得无穷无尽。诗歌一开头就把读者带入一个历史的时空，旁观柳树的历史，视野开阔。汉苑和隋堤，对比鲜明，一种贵族的颓败感油然而生。三春柳絮一吐出就全都付诸东风，无法左右自己的命运，只同明月和梅花做了一场春梦。"几处"落花，衬托柳絮的洁白，柳絮飘上"谁家"的窗帘，无根无着，天下的柳絮是如此一致，离人的遗憾是多么沉重啊。宝琴把天下离人飘散的命运寄寓在柳絮上，把镜头焦点拉近，也预示了诸女子包括自己离散的命运。

宝琴丧父，寄居亲戚家，又有丰富的阅历，词中透露出离人的感慨，仿佛一个旁观者审视人们凄凉的场景，慨叹中交织着冷静的思考。

原 文

104.临江仙
薛宝钗

白玉堂①前春解舞②，东风卷得均匀③。蜂团蝶阵乱纷纷。几曾随逝水，岂必委芳尘④。

万缕千丝⑤终不改，任他随聚随分。韶华⑥休笑本无根，好风频借力⑦，送我上青云⑧。

【注释】

① 白玉堂：华丽的居室。② 春解舞：柳絮被春风吹散而飞舞。③ 均匀：指柳絮的飘飞律动。④ 委芳尘：落入泥土。⑤ 万缕千丝：比喻柳树枝条。⑥ 韶华：春光。⑦ 频借力：不断地借助风力。⑧ 青云：高天。

【赏析】

史湘云的柳絮词引发《南柯子》《唐多令》《西江月》等词从不同的角度描述柳絮的状态，但都是悲苦忧愁的调子。宝钗也认为"不免过于丧败"，她想创作一曲"不可落俗套"的词来，这就是被评为"果然翻得好气力，自然是这首为尊"的《临江仙》。

宝钗认为，"柳絮原是一件轻薄无根无绊的东西"，"偏要把他说好了"。于是，她从白玉堂前柳絮在春风中飘舞写起，写出了春天对柳絮的理解以及两者的和谐相处，一个"卷得均匀"把微风吹动柳絮写得形象有致。尤其是把柳絮比作蜂飞蝶舞，对柳絮的喜爱之情溢于言表。它们不随流水而去，也不落入泥土，从枝条上飘落也无怨无悔，一切随缘。一种安时顺命而又乐观开朗的思绪在字里行间铺展开来，不管春风是否嘲笑自己飘飞无根，那句"好风频借力，送我上青云"的心气和对美好未来的憧憬，体现了宝钗的性格。

宝钗家境优裕，她在优越的生活环境中长大，有着大家闺秀的教养，这也决定了她对事物的看法不同于其他姐妹，对柳絮的认知也自然表现出独到的见解。

【注释】

① 拟上元：可与元宵节相比。② 箕斗：星宿名，南箕北斗，此处泛指群星。③ 匝地：满地，到处。④ 狂飞盏：尽兴喝酒。⑤ 启轩：打开窗子。⑥ 景暄暄：情景热闹。⑦ 黄发：老年人。这句是说老年人争吃月饼的样子使人觉得好笑。⑧ 绿媛：年轻女子。⑨ 香新荣玉桂：盛开的桂花飘散着清香。⑩ 色健茂金萱：繁茂的萱草闪耀着光彩。过去常称母亲为萱堂，这句诗含有祝母亲健康之意。⑪ 觥筹：酒杯和行酒令用的筹码。⑫ 分曹：行酒令时分出对手。⑬ 三宣：多次宣布酒令。⑭ 骰彩：掷骰子。⑮ 晴光：明朗的月光。⑯ 素彩：月亮的光辉。⑰ 仲昆：排名次，定高低。⑱ 谖（xuān）：忘却，引申为停止。⑲ 团朝菌：干缩的朝菌。朝菌，一种朝生暮死的菌类。⑳ 楯（hūn）：即合欢树，夜间叶子成对相合。㉑ 石髓：即石钟乳，石上多空隙。㉒ 云根：山石。古人认为云是从山石中生出，故称之为云根。㉓ 宝婺：婺女星。㉔ 银蟾：月中的蟾蜍。㉕ 药经灵兔捣：传说月中有白兔捣药，嫦娥偷吃长生不老药而奔月。㉖ 广寒：指传说中的广寒宫。㉗ 犯斗邀牛女：外来的星宿冲犯了牵牛织女星。㉘ 乘槎（chá）待帝孙：乘着木筏子等待织女。槎，木筏。帝孙，织女，传说是天帝女孙。㉙ 虚盈：月亮的圆缺。㉚ 晦朔：晦，农历每月的最后一天。朔，农历每月最初的一天。㉛ 壶漏：古代计时器。

原　文

105. 中秋夜大观园即景联句诗

林黛玉　史湘云

林黛玉：三五中秋夕，
史湘云：清游拟上元①。
　　　　撒天箕斗②灿，
林黛玉：匝地③管弦繁。
　　　　几处狂飞盏④，
史湘云：谁家不启轩⑤。
　　　　轻寒风剪剪，
林黛玉：良夜景暄暄⑥。
　　　　争饼嘲黄发⑦，
史湘云：分瓜笑绿媛⑧。
　　　　香新荣玉桂⑨，
林黛玉：色健茂金萱⑩。
　　　　蜡烛辉琼宴，
史湘云：觥筹⑪乱绮园。
　　　　分曹⑫尊一令，
林黛玉：射覆听三宣⑬。
　　　　骰彩⑭红成点，
史湘云：传花鼓滥喧。
　　　　晴光⑮摇院宇，
林黛玉：素彩⑯接乾坤。
　　　　赏罚无宾主，

原 文

史湘云：吟诗序仲昆⑰。
　　　　构思时倚槛，

林黛玉：拟景或依门。
　　　　酒尽情犹在，

史湘云：更残乐已谖⑱。
　　　　渐闻语笑寂，

林黛玉：空剩雪霜痕。
　　　　阶露团朝菌⑲，

史湘云：庭烟敛夕棔⑳。
　　　　秋湍泻石髓㉑，

林黛玉：风叶聚云根㉒。
　　　　宝婺㉓情孤洁，

史湘云：银蟾㉔气吐吞。
　　　　药经灵兔捣㉕，

林黛玉：人向广寒㉖奔。
　　　　犯斗邀牛女㉗，

史湘云：乘槎待帝孙㉘。
　　　　虚盈㉙轮莫定，

林黛玉：晦朔㉚魄空存。
　　　　壶漏㉛声将涸，

史湘云：窗灯焰已昏。
　　　　寒塘渡鹤影，

林黛玉：冷月葬诗魂。

【赏析】

这首林黛玉和史湘云的联句诗，出自《红楼梦》第七十六回《凸碧堂品笛感凄清　凹晶馆联诗悲寂寞》。这年中秋，荣国府比较冷清，凸碧堂赏月，宝钗、宝琴没参加，李纨和王熙凤因病缺席，冷清的宴会草草散场。黛玉和湘云悄悄离开凸碧堂上的宴席，跑到了凹晶馆，赏月作诗，生出诸多感慨。

三五月明，觥筹交错，秋风吹拂，良辰美景。在这样的日子里，吃月饼，赏桂花，猜拳行酒令，击鼓传花。在黛玉和湘云的联句中，有宴会上自由的"赏罚无宾主"，也有幽静处诗友的"吟诗序仲昆"。但热闹终归要过去，正如贾府，富贵一时，已露出衰亡的哀音。音乐已经停止，笑语归于寂静，只留下冰凉的月光映照着生命短暂的菌类和庭院中的合欢树。秋水在石缝中流淌，叶子被秋风吹到山石下面聚集起来，秋星孤高晶洁，银蟾吞吐云气，一片寒冷。月亮的圆缺，也象征着人世间的悲欢离合。这首诗最经典的句子就是后两句："寒塘渡鹤影，冷月葬诗魂。"秋夜寒塘上掠过飞鹤的身影，清冷的月光埋葬了诗人的精魂。湘云和黛玉，用最孤冷的意象，创设了清冷的意境，也暗示了二人的未来：湘云生活枯寂，黛玉生命枯竭。

在这中秋佳节，湘云和黛玉面对空中孤月，唱出了贾府这个贵族之家由盛转衰的哀曲。月满则亏，贾府这一热闹非凡的富贵之地，走过其鼎盛时期，便与没落渐行渐近。在贾府生活的湘云、黛玉，也会在"忽喇喇似大厦倾"的命运反转中，走向悲剧的终点。

【注释】

① 香篆：即篆香，一种计时用的盘香，形似篆文。② 脂冰：即冰脂，此处指凝固了的蜡油。③ 嫠（lí）妇：寡妇。④ 倩（qìng）：借助。⑤ 文凤：有花纹的凤。⑥ 扪（mén）：抚持。⑦ 萦纡（yū）沼：曲折的湖沼。⑧ 寂历原：寂静的高地。⑨ 赑屃（bì xì）：传说中的神龟名，据说它力大无穷，故用它来驮石碑。此处代指石碑。⑩ 罘罳（fú sī）：古代设在宫门外或城角上多孔的屏障，用来瞭望和防御。这里泛指门外用作屏障的有孔的篱墙。⑪ 歧熟焉忘径：意谓岔道都很熟悉，哪会迷路呢。歧，道路分岔处。⑫ 泉知：即知泉，熟悉每股流水。⑬ 栊翠寺：即栊翠庵，是妙玉带发修行的地方。⑭ 稻香村：李纨的住处。⑮ 彻旦：达旦，直至天明。⑯ 细论：仔细品评。

【赏析】

本诗出自《红楼梦》第七十六回《凸碧堂品笛感凄清　凹晶馆联诗悲寂寞》。当黛玉对接"寒塘渡鹤影"，吟出"冷月葬诗魂"经典一句时，史湘云拍手赞道："果然好极！非此不能对。"又叹道："诗固新奇，只是太颓丧了些。"妙玉也有同感。然后三人来到栊翠庵中吃茶，极有才情的妙玉紧承湘云、黛玉的联句，一挥而就，又续作了三十五韵。

篆香在金鼎中焚烧，烛油在玉盆中凝结。寒夜中传来的箫声凄凉清冷，帐空垂，屏闲掩，苔滑霜重，湖泽萦绕，高地寂静，奇石怪木，这些都紧承前面诗句的基调，悲戚沉重，也能窥见妙玉的诗才，使诗作与前文连贯自然，衔接紧密。但是，妙玉的初衷是把"颓败凄楚"

106. 右中秋夜大观园即景联句诗三十五韵

妙玉

香篆①销金鼎，
脂冰②腻玉盆。
箫增嫠妇③泣，
衾倩④侍儿温。
空帐悬文凤⑤，
闲屏掩彩鸳。
露浓苔更滑，
霜重竹难扪⑥。
犹步萦纡沼⑦，
还登寂历原⑧。
石奇神鬼搏，
木怪虎狼蹲。
赑屃⑨朝光透，
罘罳⑩晓露屯。
振林千树鸟，
啼谷一声猿。
歧熟焉忘径⑪，
泉知⑫不问源。
钟鸣栊翠寺⑬，

原 文

鸡唱稻香村⑭。

有兴悲何继,

无愁意岂烦。

芳情只自遣,

雅趣向谁言。

彻旦⑮休云倦,

烹茶更细论⑯。

的调子"翻转过来",于是她把时间的节点由黑夜推向白昼,夜尽昼来,调子自然明朗。鸟鸣猿啼,流水潺潺,钟鸣鸡唱,人有雅兴,没有愁苦,烹茶论诗,芳情自遣,表达了黑暗过去光明来临的美好愿望。尤其是"钟鸣栊翠寺,鸡唱稻香村"两句,写出了晨光熹微、朝气蓬勃的气象,将湘云、黛玉的凄楚之句翻转了过来。

妙玉天资聪颖,气质如兰,她的续诗自然得到了湘云、黛玉的肯定。但是曹雪芹绝不是借一带发修行者之笔表达一种积极向上的价值观,其深意在于"钟鸣"句中,钟者,终也,妙玉的愿景只是对命运的逃避罢了。"可怜金玉质,终陷淖泥中",中秋之夜的联诗,也暗示了妙玉的命运走向。

107. 姽婳词

贾兰

姽婳①将军林四娘，
玉为肌骨铁为肠②。
捐躯自报恒王③后，
此日青州④土亦香！

【注释】

① 姽婳（guǐ huà）：形容女子娴静美好。姽，女子安娴幽静。婳，女子勇武。② 铁为肠：形容刚烈。③ 恒王：《红楼梦》中贾政所讲故事里镇守青州的王。恒王的官女中有位叫林四娘的，貌美而武艺高强，被恒王称为"姽婳将军"。恒王讨贼战死，林四娘为报王恩，率众杀贼，以身殉王。④ 青州：府名，在山东。

【赏析】

在《红楼梦》第七十八回《老学士闲征姽婳词　痴公子杜撰芙蓉诔》中，贾政在与众幕友们谈论寻秋之胜时，谈及"风流隽逸，忠义感慨"的林四娘的故事，就以《姽婳词》为题，命贾兰、贾环和宝玉各写一首。贾兰首先完成，虽然他年龄小，但他的诗中不乏闪光之句。

娴静美好而又英武的林四娘，有着高洁的操守和刚烈的品性。一个"玉"字，一个"铁"字，扣紧了"姽婳"这一核心，刻画了林四娘刚柔相济的侠肝义胆。为报答恒王对她的恩宠，林四娘献出了自己的生命，那天，青州地方的泥土也是香的了。

贾兰是贾政的长孙，读书勤奋用功，在寡母李纨的悉心教导下，希望能光耀门楣，所以他写的诗中规中矩。但他对林四娘行为的赞美，在诗中表露无遗。

一首七言绝句，展示了贾兰的贵族诗书教养。于是，众幕友齐声赞道："小哥儿十三岁的人，就如此，可知家学渊源，真是名不虚传啊！"

原 文

108. 姽婳词

贾环

红粉①不知愁，
将军②意未休。
掩啼离绣幕③，
抱恨出青州。
自谓酬王德，
讵能④复寇仇？
谁题忠义墓，
千古独风流。

【注释】

① 红粉：指林四娘，红为胭脂，粉为白粉，以女子化妆品代指女子。② 将军：指林四娘。③ 绣幕：装饰很漂亮的窗帷或帘幕。④ 讵(jù)能：怎能。

【赏析】

这是贾环紧承贾兰之后所创作的五言律诗，也是紧扣前文贾政对林四娘的"忠义"评价而展开的描述。相较于贾兰之作，这首诗描述更为细腻，但从立意角度看，又略逊色于贾兰之作。

诗歌首联写恒王生前与死后林四娘的心理状态，从不知忧愁的宫嫔生活转向为恒王复仇的愤恨。颔联对仗工整，"掩啼""抱恨"细节描写生动传神，描述了林四娘含泪离宫、怀恨出青州杀贼寇的场景。可是她自认为报答恒王的恩德，又怎能面对强敌报仇呢？颈联的议论表达了对林四娘捐躯的惋惜。尾联"忠义""千古""风流"等词，搬用贾政称道林四娘的话，由此看出贾环对父亲意旨的迎合。

贾环是贾宝玉同父异母的弟弟，因为是庶出，在贾府的地位又不能与宝玉相提并论，再加上生母赵姨娘也非贤淑之辈，在这样的环境中长大，行为丑陋荒唐，又有自轻自贱的无赖习气。贾环虽有一定才气，但其心理上的自卑在诗中还是隐隐地透露出来。

原　文

109. 姽婳词

贾宝玉

恒王好武兼好色，
遂教美女习骑射。
秾歌艳舞不成欢①，
列阵挽戈为自得②。
眼前不见尘沙起③，
将军俏影红灯里。
叱咤④时闻口舌香，
霜矛雪剑⑤娇难举。
丁香结子芙蓉绦⑥，
不系明珠系宝刀。
战罢⑦夜阑心力怯，
脂痕粉渍污鲛绡⑧。
明年流寇走山东⑨，
强吞虎豹⑩势如蜂。
王率天兵⑪思剿灭，
一战再战不成功。
腥风吹折陇头麦⑫，
日照旌旗虎帐⑬空。
青山寂寂水澌澌⑭，
正是恒王战死时。
雨淋白骨血染草，
月冷黄沙鬼守尸。
纷纷将士只保身，

【注释】

① 不成欢：不能让恒王高兴。② 自得：满意。③ 尘沙起：指发生战争。④ 叱咤（chì zhà）：指操练时的呼喊。⑤ 霜矛雪剑：形容矛、剑雪亮锋利。⑥丁香结子芙蓉绦：状如丁香花蕾的扣结，色如芙蓉的丝带。⑦ 战罢：指操练完毕。⑧ 鲛绡：手帕。⑨ 流寇走山东：流寇，按书中说法是"黄巾、赤眉一干流贼"。走，活动。山东，太行山以东地区。⑩ 强吞虎豹：即强吞如虎豹。⑪ 天兵：朝廷的兵马。⑫ 腥风吹折陇头麦：借景物写恒王兵败战死。⑬ 虎帐：军中主将所在的帐幕。⑭ 澌澌：水声。⑮ 灰尘：形容兵灾，城池被破坏。⑯ 不期：想不到。⑰ 数谁行：要算哪一个。⑱ 秦姬驱赵女：秦妓、赵女，旧称秦、赵一带出美女，此泛指恒王的姬妾。⑲ 艳李秾桃：用鲜艳的桃花、李花比喻美女。⑳ 柳折花残：比喻林四娘等战死。㉑ 星驰时报：指使者的快马如流星般飞驰传送军事情报。㉒ 馀意尚傍徨：尚有未能尽言的感慨留在心中。

【赏析】

同题异构，贾兰的七言绝句、贾环的五言律诗，都在自己的个性范围内抒写着对人物的价值取向。而宝玉则采用了古风的形式，磅礴大气，更便于情感的抒发，给自己对人物的褒贬以更大的自由度，也更符合宝玉的性格与思想。

贾兰、贾环写作两首诗的目的主要是应景，主题思想基本上迎合贾政的"忠义"观。而宝玉不是死读书的人，对历史人物和事件有自己独到的见解，他敬佩林四娘忠肝义胆的同时，

原 文

青州眼见皆灰尘⑮。
不期⑯忠义明闺阁，
愤起恒王得意人。
恒王得意数谁行⑰，
姽婳将军林四娘。
号令秦姬驱赵女⑱，
艳李秾桃⑲临战场。
绣鞍有泪春愁重，
铁甲无声夜气凉。
胜负自然难预定，
誓盟生死报前王。
贼势猖獗不可敌，
柳折花残⑳实可伤。
魂依城郭家乡近，
马践胭脂骨髓香。
星驰时报㉑入京师，
谁家儿女不伤悲！
天子惊慌恨失守，
此时文武皆垂首。
何事文武立朝纲，
不及闺中林四娘。
我为四娘长叹息，
歌成馀意尚傍徨㉒！

又表达了对红颜逝去的伤感和惋惜，对立于朝纲"只保身"的须眉的谴责。

林四娘带美女亲临疆场的起因是恒王好武又好色。在没有战事的时候，她们学习骑马射箭，刻苦操练，没有莺歌艳舞，唯有"列阵挽戈"才令恒王满足。本该女子佩戴的丁香结芙蓉绦，上面没有明珠，却配上宝刀。至此，一个红装武装兼备的林四娘的形象栩栩如生般向读者走来。恒王的喜好，就是她们生命的走向，也就为后面写林四娘殒身埋下了伏笔。

战事发生，恒王战死，将士纷纷自保，青州陷入一片战争的阴霾。没想到闺中女子深明忠义，林四娘率众女子为恒王报仇。"绣鞍有泪春愁重，铁甲无声夜气凉"，渲染了凄冷愁苦的氛围，暗示了林四娘的悲惨结局——魂依城郭，马践胭脂。就这样，一代红颜，命殒疆场。面对城池"失守"的急报，"天子惊慌"，"文武皆垂首""文武立朝纲"，尽显无能之态。堂堂须眉，竟不如弱女子，宝玉对须眉的贬斥再一次流于笔端，与林四娘形象形成鲜明的对比。

宝玉性格叛逆，不仅在《西江月》判词"行为偏僻性乖张"中得到裁定，而且《姽婳词》则是这一性格的进一步体现。他并没有顺着父亲的旨意创作，而是以不俗见解得到了众人的赞扬。他认为女儿是水做的骨肉，男人是泥做的骨肉。女子的清爽干净令其欣赏，同时也就为她们的不幸命运而悲伤。而男子是须眉浊物，昏庸无能，令人厌弃。对朝堂官宦和林四娘的截然不同的态度，也反映了宝玉鲜明的男女观。

【注释】

① 芰荷红玉：芰荷，荷花；红玉，比喻荷花。② 蓼花菱叶：生长在水边或水中的植物。③ 纤梗：纤弱的枝梗。④ 敲棋声：围棋棋子落在棋盘上的响声。⑤ 棋枰：棋盘。

【赏析】

在《红楼梦》第七十九回《薛文龙悔娶河东狮　迎春误嫁中山狼》中，迎春被许配给孙绍祖，搬出了大观园。紫菱洲是大观园中一景，是一处临水建筑，迎春即居于此处的缀锦楼。宝玉到紫菱洲"徘徊瞻顾"，看到人去屋空，"再看那岸上的蓼花苇叶，池内的翠荇香菱"，情不自禁，吟就此诗。

秋风吹来，池塘清冷，盛开的荷花已无踪影，诗歌首句就创设了一种凄凉的情境，把姐弟分离比作秋风吹散荷花，直击读者心灵深处。连蓼花和菱叶都不能承受离别的忧愁，人何以堪？重露繁霜欺压纤细的枝梗，又暗示了迎春将来被孙家欺凌无法承受的命运。想到往昔姐弟下棋玩乐的情境不再出现，只剩下一盘空棋无人来下。古人与朋友惜别都可惜可叹，何况如今手足分离。宝玉发此悲叹，大观园群芳流散的序幕已经拉开，不祥的预感正被后面的情节发展证实。

原　文

110. 紫菱洲歌

贾宝玉

池塘一夜秋风冷，
吹散芰荷红玉①影。
蓼花菱叶②不胜愁，
重露繁霜压纤梗③。
不闻永昼敲棋声④，
燕泥点点污棋枰⑤。
古人惜别怜朋友，
况我今当手足情！

原 文

111. 寄黛玉诗

薛宝钗

悲时序之递嬗①兮，
又属清秋。

感遭家之不造②兮，
独处离愁③。

北堂有萱④兮，
何以忘忧？

无以解忧兮，
我心咻咻⑤。

云凭凭兮秋风酸⑥，
步中庭⑦兮霜叶干。

何去何从兮，
失我故欢⑧。

静言⑨思之兮恻肺肝！

惟鲔⑩有潭兮，
惟鹤有梁⑪。

鳞甲⑫潜伏兮，
羽毛⑬何长！

搔首问兮茫茫，

【注释】

① 递嬗（dì shàn）：不断地更迭变化。
② 不造：不幸。③ 离愁：遭遇忧愁。④ 萱：草名，又叫忘忧草，旧时常用来代指母亲。
⑤ 咻咻（xiū xiū）：本为嘘气声，引申为烦扰不安。⑥ 云凭凭兮秋风酸：凭凭，云层厚积的样子。秋风酸，令人心酸凄楚的秋风。⑦ 中庭：庭院之中。⑧ 故欢：过去欢乐的日子。⑨ 静言：静静地。"言"字是句中助词，无实意。⑩ 鲔：鲟、鳇之类的鱼。⑪ 梁：鱼梁，筑于水中以捕鱼的堤堰。⑫ 鳞甲：指龙龟之类的神物，喻君子。⑬ 羽毛：代指鸟雀之类，喻小人。⑭ 耿耿：明亮。⑮ 玉漏沉：夜深沉。玉漏，镶以玉饰的漏壶。漏壶以滴水计时，壶内之水下沉，说明时逝夜深。⑯ 炳炳：鲜明的样子。

【赏析】

这是宝钗寄给黛玉信中的一首诗，出自《红楼梦》第八十七回《感秋深抚琴悲往事　坐禅寂走火入邪魔》。在信中，宝钗向黛玉讲述了自己家庭的变故，夜深辗转反侧，"愁绪何堪"，回顾了姐妹们海棠结社时的欢乐情景，感怀触绪，长歌当哭，把黛玉当作自己的知己，以诉哀愁。

该诗有四章，描述了夜深人静的时候，宝钗在秋风中盘桓，以排解心中郁闷的情景。她悲叹时光更迭，在这清秋时节家庭遭遇不幸，上有老母，不能忘却也无法排遣这一忧伤。面对天上厚厚的云层，以及霜打过的干枯的叶子，她在院中独自徘徊，无法做出人生的选择。鲔与鹤都有自己的归宿，为什么君子失意，小人得志呢？宝钗运用一系列比喻，非常形象地阐释了自己的苦闷。银河耿耿，月色渐深，她在深夜中吟哦，把自己的心事向黛玉倾诉。

　　出身于富商家庭的宝钗，家庭条件优越。她的哥哥薛蟠娶了夏金桂后，家里被闹得鸡犬不宁，薛蟠又因杀人罪被监禁，于是，宝钗的人生也到了悲愁的拐点。

原　文

高天厚地兮，
谁知余之永伤。

银河耿耿⑭兮寒气侵，
月色横斜兮玉漏沉⑮。
忧心炳炳⑯兮发我哀吟，
吟复吟兮寄我知音。

原 文

112. 琴 曲

林黛玉

风萧萧①兮秋气深，
美人千里兮独沉吟。
望故乡兮何处，
倚栏杆兮涕②沾襟。

山迢迢③兮水长，
照轩窗兮明月光。
耿耿不寐④兮银河渺茫，
罗衫怯怯⑤兮风露凉。

子之遭兮不自由⑥，
予之遇兮多烦忧。
之子⑦与我兮心焉相投，
思古人兮俾无尤⑧。

人生斯世⑨兮如轻尘，
天上人间兮感夙因。
感夙因兮不可惙⑩，
素心⑪如何天上月。

【注释】

① 萧萧：拟声词，寒风之声。② 涕：眼泪。③ 迢迢：高远。④ 寐：睡着。⑤ 罗衫怯怯：衣衫薄，不耐寒。⑥ 不自由：由不得自己。⑦ 之子：那个人。⑧ 俾无尤：使自己避免过错。⑨ 斯世：这个世界上。⑩ 惙：同"辍"，停止，断绝。⑪ 素心：纯洁的心。

【赏析】

在《红楼梦》第八十七回《感秋深抚琴悲往事　坐禅寂走火入邪魔》中，宝钗以书信的形式向黛玉诉说自己的忧愁。黛玉看了，不胜悲伤，叹道："境遇不同，伤心则一。不免也赋四章，翻入琴谱，可弹可唱，明日写出来寄去，以当和作。"于是"濡墨挥毫，赋成四叠"，在潇湘馆边吟唱边弹琴，这首琴曲在她的断弦中戛然而止。

宝钗的忧愁源于外部环境的不顺，而黛玉的伤悲则源自内心对故土的向往和对寄人篱下生活的忧伤。萧萧秋风中，黛玉找不到心灵的故乡，唯有凭栏流涕。山高路远，明月照轩，看不到未来，只有秋风吹动薄薄的罗衫。接着黛玉直接对宝钗诉说：你的遭遇由不得自己决定，我的遭遇使我多烦忧，我们虽然境遇不同，但伤心是一样的。人生在世就像一粒尘土，天上人间都有前世因缘，我们无法改变，每个人的忧伤不可断绝。

黛玉的琴声"忽作变徵之声"，使在外听琴的妙玉"呀然失色"，在"嘣的一声"的弦断中，预示着黛玉的生命已走向终点。琴者，情也，琴断，情也断。这神秘的断弦，给黛玉的人生结局埋下了伏笔。

原　文

113. 悟禅偈

贾惜春

大造①本无方②，
云何是应住③。
既从空④中来，
应向空中去。

【注释】

① 大造：神力创造万物。佛教讲佛法无边，能造大千世界。② 无方：无常。③ 住：停留，迷恋。④ 空：佛教认为世界是"空"的，一切事物都从空中生出，然后仍归于空。

【赏析】

在《红楼梦》第八十七回中，妙玉坐禅，胡思乱想，中了"邪魔"。一日，惜春正坐着，彩屏进来说："他自从那日和姑娘下棋回去，夜间忽然中了邪，嘴里乱嚷说强盗来抢他来了，到如今还没好。姑娘你说这不是奇事吗？"惜春听了，默默无语，因想："妙玉虽然洁净，毕竟尘缘未断。可惜我生在这种人家不便出家。我若出了家时，那有邪魔缠扰，一念不生，万缘俱寂。"

神力创造万物，本无迹可寻，有什么可留恋的呢？人生来是从空到有，也应向空门去寻找归宿。惜春的父亲贾敬迷恋炼丹，对其不管不问，母亲又早逝，无人关爱，养成了她孤僻冷漠的性格。这首偈语，既嘲笑了妙玉尘缘未断，又暗示自己领悟万境归空的禅理。既照应了判词中"可怜绣户侯门女，独卧青灯古佛旁"的命运结局，又推动了惜春的故事按照判词的预设发展。

原 文

114. 望江南·祝祭晴雯二首

贾宝玉

其一

随身伴①，独自意绸缪②。谁料风波平地起③，顿教躯命即时休。孰与④话轻柔？

其二

东逝水，无复向西流。想象更无怀梦草⑤，添衣还见翠云裘⑥。脉脉⑦使人愁！

【注释】

① 随身伴：指晴雯。② 绸缪（móu）：心意缠绵。③ 谁料风波平地起：指晴雯遭人诽谤被撵出大观园。④ 孰与：与谁。⑤ 怀梦草：传说中的异草。汉武帝思念死去的李夫人，想重见其容貌而不可得。东方朔献异草一枝，让他放在怀里，当夜就梦见了李夫人，因而有怀梦草之名。⑥ 翠云裘：指雀金裘。⑦ 脉脉：连绵不断貌。

【赏析】

这首诗出自《红楼梦》第八十九回《人亡物在公子填词 蛇影杯弓颦卿绝粒》。天气陡寒，袭人包了一件衣服，叫小丫头交给焙茗，让焙茗到学房送给宝玉，这原是晴雯所补的那件雀金裘。宝玉睹物思人，伤感陡增，关门焚香，摆上果品，拿出一幅粉红笺来，写下了这两首《望江南》。

宝玉开篇就把自己置身于孤独伤感的情境中：随身的友伴抛下我，独自一人情意缠绵。谁料想无端地惹起风波，使你的生命即刻消逝。我再同谁轻柔地交谈呢？诗中，宝玉直接与晴雯对话，仿佛晴雯就在眼前，还活在世间。可是，世上根本没有什么"怀梦草"，向东流的水永不会再向西流淌。宝玉以流水设喻，哀痛晴雯不能复活。看到眼前的雀金裘，只有绵绵不断的忧愁涌上心头。

115.赏海棠花妖诗

贾宝玉

海棠何事忽摧隤①？

今日繁花为底开②？

应是北堂③增寿考，

一阳旋复占先梅④。

【注释】

①　摧隤（tuí）：同摧颓，萎败、干枯的意思。②　为底开：为什么开。③　北堂：古时士大夫之家主妇居于北堂，故以"北堂"代指母亲。④　一阳旋复占先梅：一阳旋复，指阳气回转。占先梅，意思是比梅花占先，即海棠比梅花抢先一步开放。

【赏析】

这首诗出自《红楼梦》第九十四回《宴海棠贾母赏花妖　失宝玉通灵知奇祸》。晴雯死的那年，怡红院里的海棠也死了几棵，其间也没有人浇灌，忽然在冬日开花。大家都觉得这花开得古怪，邢夫人认为"必有个缘故"；李纨笑着说，必是宝玉有喜事了，此花先来报信；而探春虽不言语，但心里认为"此花必非好兆"；贾赦、贾政说是花妖作怪；只有贾母从气候的角度分析了"小阳春天气"，花开是因为天气的和暖，是喜兆。为讨老太太欢喜，宝玉斟了酒，便"立成了四句诗"。

宝玉先用两个问句，海棠为什么会突然枯萎？今天为什么又繁花盛开？这两句诗引人深思，里面含有贾宝玉更深层的情感，因为这棵海棠花的衰败与晴雯有关，现在再开，花在人亡，物是人非，实为悲伤。但是贾母高兴，宝玉也不可能败兴，于是话锋一转，回答了自己的问题，应该是为母亲增寿，所以在阳气回转时比梅花抢先一步盛开。写出了海棠花开的吉兆，给贾府增添一些喜色。

对宝玉的诗，贾母没做评论，只是宝玉想起了晴雯，转喜为悲，这首诗也无形中推动了故事情节的发展。

原 文

116. 赏海棠花妖诗
贾环

草木逢春当茁芽①，
海棠未发候偏差②。
人间奇事知多少，
冬月开花独我家。

【注释】

① 茁芽：发芽。② 候偏差：错过了季节。

【赏析】

任何诗作，都是情感的产物，贾环之诗，同样是为讨祖母喜欢，对这个不受祖母喜欢的孩子来说，很难有发自内里的情感寄托于诗。

草木遇到春天才发芽，海棠却错过了春天发芽的季节。这两句直述其事，没有波澜起伏，很难调动读者的情绪，难怪贾母这"不懂诗"的人直接予以否定："环儿做得不好。"人间奇怪的事又能懂得多少，海棠在冬天开花只有"我"家。贾母本想叫宝玉、贾环、贾兰"各人做一首诗志喜"，贾环的诗几乎没有喜意，只是很平淡地说只有自己家的海棠花在冬月开花了。不知是贾环实在无情可抒，还是其他原因，受到祖母的差评恐怕也习以为常了。

事实上，贾环作为贾府不得志的主子，虽然也用功读书，但思想是封闭的；他顺应封建礼教规范，但周围的环境使其抛弃了自我人性中的本真。诗贵在情真，无"情真"的诗怎能得到贾母的赏识呢。

【注释】

①春前萎：指海棠原来枯萎一事。②浥：打湿。③知识浅：指草木没有思想意识。④合欢杯：欢聚的酒杯。

【赏析】

贾兰是贾府的乖孩子，在母亲的教导下用心读书，知书达理，他的诗更能传递出一种和顺，故得贾母表扬。

这首诗与前面宝玉和贾环作的两首诗都出自《红楼梦》第九十四回《宴海棠贾母赏花妖　失宝玉通灵知奇祸》。诗歌第一句写海棠枯萎一事，明媚鲜艳的花朵曾在烟霭中绽放，却又在春前枯萎了，流露出他对海棠花枯萎的惋惜之情。但是，海棠花经霜湿润后却在雪后重新开放，又给人带来了欣喜。不要说这些草木没有思想意识，欣然开花是预先陪伴我们喝欢聚酒啊。后两句把海棠花拟人化，赋予其人情味，所以贾母夸赞道："听去倒是兰儿的好。"就是因为这首诗吉利喜庆，贾母作为贾府的长辈自然喜欢。

而从贾兰自身来说，这句话也暗示他将来金榜题名复兴贾府等喜事，为后面故事情节的发展做了铺垫。

原　文

117. 赏海棠花妖诗

贾兰

烟凝媚色春前萎①，
霜浥②微红雪后开。
莫道此花知识浅③，
欣荣预佐合欢杯④。

原 文

118. 散花寺签

去国离乡二十年[①]，
于今衣锦返家园[②]。
蜂采百花[③]成蜜后，
为谁辛苦为谁甜[④]！
行人至，音信迟，
讼宜和，婚再议[⑤]。

【注释】

① 去国离乡二十年：指王熙凤自幼离开南京娘家，到她死时估计有二十年时间。② 衣锦返家园：衣锦还乡，本是功成名就、穿着锦袍回家乡，这里暗示王熙凤殓衣裹尸返金陵。③ 蜂采百花：指王熙凤精明能干、苦心经营、搜刮财富等一系列行为。④ 为谁辛苦为谁甜：指"到头来，都是为他人作嫁衣裳"，机关算尽，反丢了自己性命。⑤ 行人至，音信迟，讼宜和，婚再议：前两句暗示王熙凤知道赵姨娘死后被阴司拷打，促使自己"忏宿冤"时已经太迟了。"讼宜和"是所谓"劝善惩恶"的话，因为王熙凤曾包揽狱讼，害死人命。"婚再议"，指王熙凤死后贾琏把平儿扶正了，或指其女儿巧姐婚事的变化。

【赏析】

这首诗出自《红楼梦》第一〇一回《大观园月夜感幽魂 散花寺神签惊异兆》。王熙凤月夜在大观园见鬼，吓得魂飞魄散，心中惶惧，便到散花寺求签，签上写着"第三十三签，上上大吉"几个字。又查签簿，只见上面写着"王熙凤衣锦还乡"，以及诗中这段文字。

这些签语充满了暗示，是王熙凤人生踪迹和命运结局的汇总。她离开故乡二十余载，只落得殓衣裹尸返金陵。一生精于算计，苦心经营，去维系贾府这一大家族的利益，也满足自己对物质财富的贪婪追求，结果又怎样呢？连为谁辛苦都来不及思考，就魂归故里，这正照应了第五回曲子中的"一场欢喜忽悲辛"的人生预测。

119.绝俗缘歌

我所居兮，
青埂之峰①。
我所游兮，
鸿蒙②太空。
谁与我游兮，
吾谁与从③？
渺渺茫茫兮，
归彼大荒④。

【注释】

①　青埂之峰：当初女娲补天弃无用顽石之处。青埂，谐音，喻"情根"之意。②　鸿蒙：旧指宇宙形成以前的混沌状态。③　吾谁与从：我跟着谁游呢？④　大荒：即小说开头说的大荒山，这里有"荒唐"之意。

【赏析】

《红楼梦》第一二〇回《甄士隐详说太虚情　贾雨村归结红楼梦》，贾政扶贾母灵柩，到了金陵，先安了葬。贾政又接到家信，看到宝玉、贾兰考中，心里欢喜。后来听到宝玉走失，又生烦恼，只得赶快回家。途中，贾政在船里写家信时，宝玉身披大红猩猩毡斗篷，光头赤脚向着他倒身下拜。贾政问话，宝玉未及回答，只见船头上边来了两人，一僧一道，夹着宝玉便说："俗缘已毕，还不快走！"说着，三人飘然登岸而去。三人中不知是谁唱了这首《绝俗缘歌》。

"我所居兮，青埂之峰"，这是宝玉人世生活的起始处，曹雪芹运用女娲补天弃顽石的典故，为宝玉的出身增添了神秘的色彩。"我所游兮，鸿蒙太空。谁与我游兮，吾谁与从？"天地鸿蒙，让我们回到最初的大荒山去吧。正所谓赤条条来去无牵挂，生于大荒，归于大荒。宝玉来人世走一遭，看透世间纷扰，悲欢离合，决绝而去，落了个茫茫大地真干净。这首诗运用浪漫主义的手法，展开丰富的想象，给读者的二度创作提供了广阔的空间。

原 文

120. 结红楼梦偈

说到辛酸①处，
荒唐②愈可悲。
由来③同一梦，
休笑世人痴④！

【注释】

① 辛酸：比喻悲痛苦楚。② 荒唐：指行事比较离谱，不正常，不符合一般规则。③ 由来：历来。④ 痴：痴狂。

【赏析】

《红楼梦》最后一回写到，空空道人从青埂峰前经过，见那补天未用之石仍在那里，上面字迹依然如旧，怕年深日久，字迹模糊，有错误，就自己抄录一遍找个清闲之人流传。最后，他找到了悼红轩中的曹雪芹，扔下抄本，飘然而去，口中说道："果然是敷衍荒唐，不但作者不知，抄者不知，并阅者也不知。不过游戏笔墨，陶情适性而已。"紧接着就以这首诗结尾，结束了鸿篇巨制的《红楼梦》。

作者的写作动机非常明显，从结构上说，与开篇"满纸荒唐言，一把辛酸泪。都云作者痴，谁解其中味"照应，使前八十回与后四十回浑然一体，成为不可分割的一部分。从内容上说，据作者自己所言，"为作者缘起之言更转一竿头"，即更进一层之义。所以，说到心酸的地方，满纸不光有荒唐之言，更是可悲可叹。说到梦幻，历来都是一样的，都是来自于一个梦境，不要笑话世人的痴傻。但这样的结尾，从表达形式到思想情感，都不能与开篇之诗相提并论，读者与作者缺少一种思想共鸣，这也是后续部分非常遗憾的一笔。